글쓴이 **위근우**

2008년 대중문화 비평 웹진《매거진t》에 입사해
대중문화 전문 기자로 활동하기 시작했다. 이후
웹매거진《아이즈》팀장으로 재직하다 현재는 비정규
마감노동자로 활동 중이다. 쓴 책으로《다른 게 아니라
틀린 겁니다》,《뾰족한 마음》,《프로불편러 일기》,
《젊은 만화가에게 묻다》가 있다.

illustration & design **형태와내용사이**

이토록
귀찮은

글쓰기   ¶

이토록 귀찮은 글쓰기

ⓒ위근우, 2023

초판 1쇄 2023년 12월 1일 발행

지은이 위근우
펴낸이 김성실
책임편집 김태현
디자인 형태와내용사이
제작 한영문화사

펴낸곳 시대의창 **등록** 제10-1756호(1999. 5. 11)
주소 03985 서울시 마포구 연희로 19-1
전화 02)335-6121 **팩스** 02)325-5607
전자우편 sidaebooks@daum.net
페이스북 www.facebook.com/sidaebooks
트위터 @sidaebooks

ISBN 978-89-5940-824-5 (03800)

이토록
귀찮은
글쓰기 ¶

어쩌다 보니 17년차 마감노동자의
우당탕탕 쓰는 삶

위근우 지음

시대의창

들어가며   ¶

글을 쓰는 건 정말이지 너무나도 귀찮은 일이다. 서문을 쓰는 지금처럼. 이것은 싱크대에 쌓인 설거짓거리를 보며 귀찮아 죽겠다고 말하는 것과는 전혀 다른 의미다. 미루고 미루다 결국 당신이 설거지를 시작한다면 충분히 비가역적인 수준으로 일이 진척되는 걸 경험할 것이다. 접시를 하나 수세미로 닦고 물로 헹궈 선반 위에 올린다면, 설거짓거리는 -1, 사용 가능한 접시는 +1이 되며 딱히 역행할 일은 없다. 다시 말해 우리가 흔히 느끼는 귀찮음이란 시작하면 어떻게든 진행될 걸 알지만 그렇기에 더더욱 마지막의 마지막까지 미루는 것에 가깝다. 하지만 글쓰기의 귀찮음이란 전혀 다른 종류의 감정이다.

최대한 외면하고 외면하다 워드 프로세서의 흰 공백을 보며 한숨을 내쉬는 것까진 다른 일과 비슷하다. 자, 이제 시작해볼까. 그런데 무엇을 채워 넣지? 오해하지 않았으면 좋겠다. 글쓰기가 설거지 대비 창조적인 작업이라 시작하기 어렵다는 뜻이 아니다. 오히려 글쓰기의 진정한 딜레마는 어떤 똥 같은 문장으로라도 공백을 채워나갈 수 있다는 것이다. 일은 진행되고 있지만, 하나씩 쌓여가는 건 깨끗한 접시와 그릇이 아닌 똥 같은 문장일 수 있다.

글쓰기를 어려움과 쉬움이라는 개념이 아닌 귀찮음이란 개념으로 설명하는 건 그래서다. 글 쓰는 건 그 자체로 어렵지도 쉽지도 않다. 동어 반복으로 설명하자면, 어렵게 쓰려면 어렵고 쉽게 쓰려면 쉽다. 한국처럼 문맹률이 낮은 나라에서 대충 주술 호응을 맞춘 문장을 하나씩 하나씩 나열해 한 덩어리의 산문을 쓰는 게 그리 어렵고 대단한 일은 아니다. 그러니 쉽게 쓰면 덜 귀찮을 게다. 다만 쉽게 쓴 글이란 건, 십중팔구 똥이 될 확률이 높을 뿐이다. 문장 하나하나가 세상

쓸모없는 바이트 낭비일 수도 있고, 문장 각각은 그럭저럭 말이 되지만 하나의 글 안에서 조금도 논리적 호응을 이루지 못하며 앞의 전제가 뒤의 결론을 반박하는 우스꽝스러운 모양새가 될 수도 있다. 이것은 설거지를 한 접시에 미처 제거하지 못한 고춧가루가 묻어 있는 것 같은 일이 아니다. 엉망이 된 글이란 그럭저럭 사용할 수 있으나 흠이 있는 게 아니라 흠 그 자체다. 양심을 버린다면 글쓰기는 대충 헹군 설거지 같은 작업 정도로 느껴질지 모른다. 그것도 귀찮은 일이다. 하지만 양심의 소리가 이따위 글을 세상에 내놓는 건 해악이라 외치기 시작하면 당신은 일을 미루고 싶다는 유혹뿐 아니라, 쉬운 길로 가고 싶은 유혹과도 싸워야 한다. 이게 어떻게 귀찮지 않을 수 있겠나.

정말 환장할 일은, 어렵게 쓰겠다고 마음을 먹는다고 좋은 결과물이 나오는 것도 아니라는 거다. 다시 말해 별다른 고민 없이 아무 말을 써재끼는 것과 긴 시간 고민하며 한 문장 한 문장 어렵게 이어나가는 것이 결과적으로는 아주 큰 차이로 이어지지 않을 수도 있다. 물론 대충 쓰는 게 아니라면, 글이 완성되기 전 뭔가 잘못되었다는 감은 온다. 아, 내가 지금 시간과 공을 들여 똥을 빚는 중이구나. 그렇다면 다시 제로에서 시작할 것인가. 빚어놓은 똥에 다른 걸 덧씌워 악취라도 가려볼 것인가. 슬픈 얘기지만 글을 오래 써오며 익히는 테크닉이란, 좋은 글을 쓰는 방법이라기보다는 망한 글을 대충 멀쩡해 보이게 버무리는 꼼수에 가깝다. 여기서 고뇌의 경로는 사지선다형 혹은 그 이상으로 늘어난다. 쓸 것인가 말 것인가. 쉬운 길로 갈 것인가 어려운 길로 갈 것인가. 어려운 길로 들어가 뭔가 망한 거 같은데 처음으로 다시 돌아갈 것인가 말 것인가. 이러한 가짓수 앞에서 글을 쓰는 사람은 매우 허무하면서도 도저히 피할 수 없는 질문을 던질 수밖에 없다. 애초에, 이 글을 시작할 이유가 있었는가. 그래서 글쓰기는 귀찮다. 써야 할 이유는 불확실하지만 시작하지 않을 이유는 선명하고도 다양하다.

　나와는 비교되지 않을 다른 뛰어난 필자들이라면 글을 시작할 이유가 이미 명확할까. 나는 아니었다. 내게 있어 글의 존재 가치는 미리 주어지는 것이 아니라, 밤을 새며 유의미한 글과 한글로 된 쓰레기 사이에서 아득바득 줄 타며 가끔 운 좋게 결과론적으로 확인하게 되는 것에 가깝다. 잘 쓸 수 있다는 믿음으로 시작하는 게 아니라, 어쩌면 잘 쓸 수도 있다는 믿음 없이는 고뇌의 밤을 버틸 수 없을 뿐이다. 그리고 그럭저럭 유의미한 글을 써낸다 해도 일부의 동의와 딱 그 세 배의 진지한 반박을 마주해야 한다.

17년째 직업인으로서 기사와 칼럼을 써오다가 글쓰기라는 작업에 대한 일종의 메타적인 글을 써보기로 마음먹은 건 이러한 자기인식 때문이다. 글쓰기에 대한 많은 작법서나 에세이들은 써야 할 이유, 쓸 수밖에 없는 이유에 대해 이야기한다. 하지만 내 경험에선 글을 안 쓸 이유, 회피해야 할 이유가 훨씬 많고 명료하다. 쓰는 이유는 그에 비해 불투명하다. 이 책은 그 불투명성에 대한 이야기다. 사랑에 대한 이야기는 절대 아니며, 의무에 대한 이야기도 딱히 아니며 본질에 대한 이야기는 더더욱 아니다. 글을 쓰는 이유란 단일한 논리나 가치, 감정으로 매끈하게 환원되기보단, 대충 오늘을 수습하는 삶의 난잡함 안에서 그럭저럭 말이 되는 감정이나 아포리즘의 형태로 경험되었다가 사라질 뿐이다. 그 불투명한 경험 자체를 솔직하게 더듬어 옮겼을 때, 이토록 귀찮은 글쓰기를 그럼에도 하겠다고 마음먹은 이들에게 작은 공감과 도움을 줄 수 있다면 좋겠다. 안 귀찮을 수는 없지만 적어도 한 번 마음먹었다 포기할 거 두 번은 마음먹을 수 있게, 쓰다가 망한 것 같아서 포기하고 싶을 때 그래도 완성은 해볼 수 있게. 물론 앞서 길게 설명했듯, 이 글의 존재 가치 역시 미리 존재할 수 없다. 단지 서언序言부터 망하진 않았길 바라며 앞으로의 챕터들이 잘 헹궈진 접시처럼 차곡차곡 쌓이길 바랄 뿐이다.

차례

1. 고만고만한 재능도 재능이다

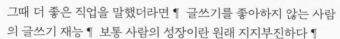

그때 더 좋은 직업을 말했더라면 ¶ 글쓰기를 좋아하지 않는 사람의 글쓰기 재능 ¶ 보통 사람의 성장이란 원래 지지부진하다 ¶

2. 기분만 내지 말고 진짜 연습을 해봅시다

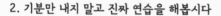

글쓰기 연습은 글쓰기뿐 ¶ 필사라는 주술적 행위 ¶ 필사보다 좋은 연습 구조 모방하기 ¶ 위트는 조미료가 아니라고 ¶ 인용, 남의 문장을 내 글에 이식하기 ¶ 길티플레저에 대해 써보자 ¶ 루틴에 대한 환상 ¶

3. 마감, 희노애락喜怒哀樂 아니 노애노애怒哀怒哀의 드라마

누구든 계획은 있다, 첫 문단까진 ¶ 할 말이 충분히 있었다는 착각 ¶ 시작은 반이 아니지만 두 번째 문단은 반을 넘는다 ¶ 마지막 문단 따위 얼른 치워버리고 잠이나 자고 싶지만 ¶ 망한 원고의 폐허에서 스스로를 지키는 법 ¶ 착하게 살자 ¶

4. 남들은 싸움박질이라 부르고 나는 대화라 말한다

내가 얼마나 겸손한 사람인데 ¶ 진정성 있는 개소리와 진정성이라는 개소리 ¶ 공론장이 글쓰기에 선행한다 ¶ 논쟁을 전제한 글쓰기 시뮬레이션 ¶ 2020년대의 대중문화 비평이 더더욱 논쟁적인 접근을 해야 하는 이유 ¶ 부드러운 설득이 더 유용하지 않느냐는 질문에 대하여 ¶ 혼나는 기분을 느낀다는 선량한 독자들을 위한 변명 ¶ 언제나 맞는 말만 하면 좋겠지만 ¶

5. '관종' 경제와 공론장 사이에서

제가 뭐라고 인스타그램을 하고 있을까요 ¶ 인스타그램이라는 실험장 ¶ 자의식 과잉 예방하고 현명한 SNS 생활 완성하자 ¶ 주목 경제의 시대에 공적 자아를 어떻게 유지할 수 있을까 ¶ 하지만 나도 가끔. 눈물을 흘린다 ¶

6. 우리가 돈이 없지 가오도 없지 욕은 먹지

그럼에도 굳이 글을 쓰겠다는 그 마음의 진실 ¶ 분노라는 동력 ¶ '좆밥병'을 조심하라 ¶ 미움받을 용기보다 중요한 것 ¶

1.
고만고만한 재능도
재능이다

글쓰기와 재능

지원: 우리 언니 1초도 안 돼서 전화해서 "박재하가 도대체 누구냐",

그렇게 나한테 다그칠 거고, 난 뭐라고 해?

재하: 아우, 뭐라 그러긴. 대중문화평론가. 아, 그것도 직업이야. 당대의

조류를 분석하고 전망하는 논객.

지원: 재하 씨 언제 그렇게 분석과 전망을 열심히 했어? 전에 뭐 좀 쓰는

거 같더니 금방 잘렸잖아.

– MBC 드라마 〈아줌마〉(2000~2001) 50화 중

그때
더 좋은 직업을
말했더라면 ¶

⌙

∨

        나는 내가 언제 스스로 직업 평론가가 되겠노라 남들에게 밝혔는지 아직도 기억한다. 때는 2005년, 대학교 4학년 전공 수업 중 졸업 후 장래희망을 이야기하는 시간이 있었고, 나는 2000년대 초중반부터 인터넷을 배경으로 하나둘 등장하던 수상쩍지만 이름만은 그럴싸해 보이던 직업에 대해 이야기했다. 대중문화평론가. 지금은 너무나 흔한 타이틀이지만 아마 그 당시에 이 직업이 무엇을 하는 것인지 설명할 수 있는 사람은 별로 없었을 것이다(물론 지금도 이 직업이 어떤 역할을 하고 그게 왜 돈이

고만고만한 재능도
재능이다

될 수 있는지 설명하긴 쉽지 않지만). 그것이 매력적인 미개척지로 느껴졌던 건지는 잘 모르겠다. 졸업을 앞둔 4학년으로서 동기 몇 명과 학과 후배들이 보는 앞에서 발표하며 아주 터무니없거나 그렇다고 너무 전공과 동떨어진 얘길 할 수는 없는 상황이었다. 경원대학교 국어국문학과. 소위 '인 서울'이 아닌 경기도 성남 소재 학교의 '문사철' 출신에 학점 관리를 잘한 것도 아니고 회화든 토익이든 영어 공부는 담 쌓았으며 자격증이라고는 1종 보통 장롱 면허밖에 없던 졸업반 학생으로서 그나마 자격시험이 없는 직업이라는 게 끌렸던 걸지도 모르겠다.

그리고 18년이 지난 현재, 어쨌든 거의 비슷한 일을 하고 있는 중이다. 세속적 기준에서 성공적인 삶인지는 모르겠지만, 6년째 진보 성향의 종합일간지에 격주로 대중문화 칼럼을 연재하고 지상파 TV 옴부즈맨 프로그램 패널로 참여하며 책도 내고 가끔 강연도 하며 그럭저럭 먹고사는 삶을 스물다섯의 내가 본다면 꽤나 화려하고(물론 실제로는 조금도 화려하지 않다) 멋지다고(역시 조금도 멋지지 않다) 생각할 것 같다. 그렇다면 나는 그 당시에 막연하게나마 내 안에 숨은 평론가로서의 재능을 인식하고 그것을 개발해낸 걸까. 길게 보면 그게 맞는 것 같다. 다만 그것이 마치 원석 같은 재능을 발견해 갈고 닦아 보석을 만들었더라는 식의 서사와는 거리가 멀 뿐이다. 그보다는 원래 가지고 있던, 대단하진 않지만 그래도 없는 것보단 나은 어떤 재료를 글 쓰는 사람으로서의 삶 안에서 개발하고 추후 경험적으로 얻은 재료들과 이리저리 이어 붙여 그럭저럭 쓸 만한 형태로 만들어본 것에 가깝다.

단적으로 나는 그 작은 국문과 커뮤니티에서조차 글쓰기로 딱히 특출하다는 평가를 받은 적이 없다. 아는 건 개뿔 없어도 좌파 철학자 몇 명의 이름을 대며(당연히 제대로 읽은 적은 한 번도 없다) 되지도 않는 썰이나 푸는 흔한 국문과 남학생 1, 딱 그만큼이 내 자리였다. 그럼에도 어떤 종류의 재능이 있었고, 그것이 나를 쓰게 만들었다. 그렇다면 흔한 국문과 남학생 1은 자신에게서 어떤 재능을 보고 막연히 대중문화평론가가 되겠노라 했던 걸까.

고만고만한 재능도
재능이다

글쓰기를
좋아하지 않는 사람의
글쓰기 재능 ¶

이 책의 제목과도 연관된 건데 나는 글 쓰는 걸 좋아하지 않는다. 대중문화평론가가 되겠다고 했던 대학생 때도, 직업적 글쓰기를 하는 지금도 그러하다. 내가 가지고 있는 건 글을 쓰고 싶은 마음이다. 글 쓰는 걸 좋아하는 것과 글을 쓰고 싶어 하는 건 전혀 다른 개념이다. 아마 글 쓰는 걸 좋아하는 것도 글쓰기의 재능이리라 짐작은 하지만, 나로선 알 수 없는 일이다. 단지 일 자체를 좋아할 수 있는 것처럼, 좋아하지 않아도 하는 것 역시 굉장히 중요한 동기가 될 수 있다고 증언할 수 있을 뿐이다. 그럼 나는 왜 정작 쓰는 행위를 좋아하지도 않으면서 그걸 하고 싶어 했을까. 드라마 〈아줌마〉에서의 자칭 대중문화평론가 박재하가 그렇게 우습게 그려지는 와중에도 나는 그런 놈팽이의 어떤 면을 동경했던 걸까.

좋은 글이 무엇인지, 잘 쓴 글이 무엇인지는 아직도 잘 모르겠지만, 기본적으로 독자가 읽기 편하고 잘 썼다고 느끼는 글은 소설이든 아니든 상당히 매끈한 서사로 구성된 글이다. 마찬가지로 꼭 소설가가 아니더라도 글을 쓰는 사람들에게는 어느 정도 이야기꾼으로서의 자질과 욕망이 있다. 더 잘 이해시키기 위해, 더 매혹시키기 위해. 세상은 수많은 변수와 우연으로 이루어져 있다. 그렇기에 그 변수들의 조합으로 만들어진 수많은 순간들은 불가해하며 인간은 때때로 그저 우연의 바다에 내던져진 기분을 느낀다. 이야기는 이러한 세계를 이해 가능한 것으로 만들어준다. 누군가는 성공하고 누군가는 실패했을 때, 고전소설은 권선징악의 이야기 구조로 설명하고, 자기계발서는 성공에 대한 의지와 '노오력'의 유무로 설명하며, 마르크스주의자는 생산수단의 전유에 따른 불평등으로 설명하고, 김성모 만화에선 근성으로 설명한다.

평론도 마찬가지다.

　문학비평의 고전 《비평의 해부》(임철규 옮김)에서 노스럽 프라이는 다음과 같이 말한다. "물리학은 자연에 관한 지식의 조직체이지만, 물리학도는 물리학을 배울 뿐 자연을 배우고 있다고는 말하지 않는다. 자연과 똑같이 예술도 그 체계적 연구, 즉 비평과는 구별되어야 한다. 그러므로 '문학을 배운다'는 것은 불가능하다. 말하자면 우리는 어떤 방식으로 문학에 관해서 배우지만, 우리가 '배우다'라는 타동사와 목적으로서 배우는 것은 문학비평인 것이다." 다시 말해 비평을 통해서만 예술은 비로소 일종의 불가해성에서 벗어나 우리에게 설명될 수 있다는 것이다. 대학교 때 읽은 책인데 그때나 지금이나 나는 여전히 인용한 문장이 비평에 대해 과도한 의미와 책임을 부여한다고 생각한다. 다만 문화 텍스트라는 대상에 대해 좀 더 잘 이해할 수 있도록 일종의 이야기를 구성하는 게 이 작업이라는 것에 대해서는 동의한다. 그것이 내가 이 일에 매혹된 이유다.

　앞서 인용했던 〈아줌마〉의 대사에서처럼, 사실 대중문화 평론가라는 직업은 당시에도 실은 지금도 제대로 된 직업으로 평가하기 좀 애매한 구석이 있다. 문학평론가도, 음악평론가도, 영화평론가도 아닌, 대중문화평론가라니, 정말 이것도 저것도 아닌 어중이떠중이 아닌가. 서서히 인터넷을 통한 지면의 확장이 이뤄지고, 소위 포스트모던과 탈권위주의의 이름으로 대중문화에 대한 관심이 커지며 생긴 이 직업은 좋게 봐줘야 문화적 소양을 지닌 고학력자들의 딜레탕티슴, 나쁘게 보면(아마 이게 진실에 더 가까울 텐데) 입 좀 털 줄 아는 룸펜의 편의적인 명함 정도였다. 〈아줌마〉를 쓴 정성주 작가의 냉철한 현실 비판적인 성향을 고려해보건대, 당시 그가 이 새로운 직업군을 얼마나 (반쯤) 사기꾼으로 봤을지 모골이 송연할 지경이다. 그럼에도 그 직업이 어딘가 만만하면서도 끌렸던 건, 대중문화라는 그토록 광범위한 분야 안에서 서로 거리가 멀어 보이는 텍스트와 현상을 연결해 이해할 수 있게 설명할 수 있다는 것이 매력적으로 느껴졌기 때문일 게다. "당대의 조류를 분석하고 전망하는 논객"이라는 박재하의 허세에 끌렸던 건 그래서다. 그것을 실제로 쓰는 과정이 즐겁냐 즐겁지 않느냐는 것과 별개로.

어떤 일에 매력을 느끼는 것은 많은 경우 기질의 문제다.

그런데 글에 대한 동경은 두 가지 층위로 이뤄져 있다. 하나는 이 작업 자체에 대한 순수한 흥미다. 구조화된 언어를 통해 세계를 재현하고 구성하는 것에 대한 흥미. 또 다른 하나는 그런 글쓰기 작업이 갖는 소위 지식인으로서의 상징 가치에 대한 동경이다. 신문 지면에 자기 전문 분야에 대한 칼럼을 기고하는 교수나 연구원, 혹은 독자들에게 정론을 전달하는 주요 일간지 및 주간지 기자들은 꽤 오랜 시간 한국 사회에서 오피니언 리더로서 상당한 권위를 누려왔다. 이 권위란 근본적으로는 시민사회와 직업 정치 사이를 매개하는 공론장 영역과 글쓰기 사이의 내적 관계에 의한 것이지만, 또 많은 경우 경험적이고 관습적으로 이어져왔다.

알 사람은 알겠지만 국문과는 글 쓰는 테크닉을 가르쳐주는 곳이 아니다. 그럼에도 그곳에서의 시간이 지금의 내게 상당히 영향을 미친 게 있다면, 글을 잘 쓰는 행위가 상당한 상징 자산 혹은 상징 권력으로 받아들여지는 환경이었단 거다. 키가 크지도 잘생기지도 성적이 좋지도 돈이 많은 것도 아닌 내가 그러한 상징 권력에 입맛을 다신 건 너무 당연한 일이었다. 마침 인터넷의 발달로 〈아줌마〉의 박재하를 비롯한 여러 어중이떠중이가 그 상징 권력을 쟁취할 혼란의 시대가 시작되었다는 것도 무시할 수 없는 이유였고.

글쓰기에 대한 매혹은 언어를 통해 세계를 나의 관점으로 재조립하는 것에 대한 막연한 동경이기도, 그 작업을 어느 정도 성공적으로 해냈을 때 따라오는 상징 권력에 대한 욕망이기도 하다. 물론 이 감정은 개념적으로 분리될 뿐, 실제로는 뒤엉켜 있기 마련이며, 전자가 순수하고 후자가 불순한 것도 아니다. 사회적 인정 투쟁을 동반하지 않는 자아실현이란 허구다. 내가 글쓰기의 기능 중 언어로서 세상을 질서 있게 설명하는 것에 매혹된 건 분명 기질적인 것이지만, 흔히 '글빨'로 통칭되는 테크닉이 우리의 경험적 세계에서 상징 자산으로 교환될 거라 가상적으로나마 기대하지 않는다면 그 기질이 작동될 확률은 현저히 낮아질 것이다. 마침 내겐 기질이 있었고 그것이 발동될 환경도 있었다. 그렇게 직업적 글쓰기라는 불구덩이에 뛰어들었다.

고만고만한 재능도
재능이다

보통 사람의
성장이란 원래
지지부진하다 ¶

⌐

∨

앞서 말했듯 실제 밥벌이
안에서의 성장이란, 재능이라는 어떤 원석이 갈고 닦여 보석
이 되는 것과는 거리가 멀다. 재능이란 어떤 계기에 가까운
것이고 그 계기로 얻게 되는 경험들이 실은 더 중요한 재료일
수 있다. 가령 대중문화평론가가 되겠노라 선언하고 난 뒤 나
의 시간은 대중문화비평이라는 영역에 대한 뜻을 세우고 정
진해 꿈을 이뤄낸 일관된 과정과는 거리가 멀었다.

첫 직장은 골프잡지사였다. 정말 아무런 대책 없이 대학
교 마지막 수업 종강과 함께 취업준비생이 된 나는 당시 잡코

리아에 두 가지 이력서 및 자기소개서를 올려놓고 서울 소재 사업장을 중심으로 지원서를 제출했다. 하나는 논술 강사 자기소개서, 다른 하나는 매체 기자 자기소개서. 매체 일도 학원 강사 아르바이트도 해본 적 없지만 아직 대학생들의 공모전 스펙 경쟁이 치열해지기 전에 무주공산에서 얻은 서평 공모전 당선 이력, 영화평 공모전 당선 이력을 끼워 맞춘 이력서였다. 만약 그때 학원 쪽에서 먼저 좋은 조건으로 연락이 왔다면 내 인생이 달라졌을까. 어쨌든 지원한 곳에서는 연락이 없었고, 갑자기 내 공개 이력서를 본 한 골프잡지에서 면접을 보자는 연락이 왔다. 면접 후 무난히 입사했는데 내 입장에선 불러준 곳이 그곳뿐이었고, 해당 잡지 입장에서는 혼자 일하던 선임 기자가 퇴사해 당장 자리가 공석이었기 때문이었다. 인턴 3개월 동안 월 90만 원에 일하다가 나와 함께 기자로 입사한 또 다른 생초짜 직원이 "너는 하는 게 뭐니?"라는 사장님의 폭언에 눈물을 흘리며 그만뒀고, 그 3개월간 사장님의 회고록 원고 수정 작업을 추가 수당 없이 성공적으로 해내는 등 입 속의 혀처럼 굴었던 나는 회사 15년 역사에서 기자 직급 최초로 월급 150만 원 계약에 성공했다. 친했고 그래서 내 미래를 걱정했던 학교 선배들은 "근우 〈다큐멘터리 성공시대〉 나와야겠는데?"라고 반응했다. 기간통신사에서 나온 골프대회 최종 성적 기사를 '우라까이'해 단신을 구성하고, 신상 골프용품이나 수입차 프로모션 발표에서 대충 보도자료와 사진 자료 받아내고, 잡지를 구매해주기로 한 대체 신원을 알 수 없는 무슨 무슨 단체 회장이라는 노인들을 인터뷰하고, 사장님의 기명 칼럼을 써주며 시간은 빠르게 흘렀다. 큰 보람은 없었지만 그냥저냥 이렇게 서른이 되어도 괜찮겠다고 생각했다. 월급이 두 달째 밀리기 전까진.

이후의 이직 과정도 별 대단할 게 없다. 그냥 월급이 밀려서 여기저기 지원해보던 중 면접을 통과한 사보사로 이직했고, 중요 클라이언트인 팬텍이 워크아웃에 들어가며 10개월만에 회사가 문을 닫아 또 다른 사보사로 갔지만, 전 직장에서 맡았던 건설사 클라이언트를 또 만나게 됐다는 사실을 알고 하루 만에 그만뒀다가 다른 회사로 이직하고 그곳에서도 한 달 만에 퇴직했다. 그나마 두 번째 회사가 망하기 직전, 마침 재밌게 보던 엔터테인먼트 웹매거진인 《매거진t》에서 TV 평론 공모전을 여는 걸 알고 지원해본 덕에 또 마침 직전 공모전에는 없던 가작 수상이 새로 생긴 덕에 비로소 '평론가'라는 타이틀을 얻게 되었을 뿐이다.

　가작이라도 공모전에 당선되었으니 역시 재능이 있었던 걸까. 당연히 없진 않았을 것이다. 하지만 내가 가지고 있던 좋은 재능을 학벌과 스펙의 한계로 미처 드러내지 못하고 이 회사 저 회사를 전전하다가 비로소 좋은 기회를 만나 개화한 게 아니다. 나에게 있어 글을 쓰고 싶다는 재능은 오히려 직장 환경이 만족스럽든 만족스럽지 않든 뭐가 됐든 쓰면서 밥벌이를 한 매 순간 발휘된 것에 가깝다. 그게 왜 재능이 아니겠는가. 어찌어찌 밥은 먹고살 돈을 벌고, 직장이 사라져도 실업급여로 버티는 3개월 동안 그럭저럭 비슷한 직종에 속하는 회사에 면접을 보러 다니며 삶의 구간을 땜질하며 이어가던 그 모든 상황이 내겐 작은 성공의 순간이고 재능의 발현이었다. 그 재능 덕에 마냥 즐겁지도 괴롭지도 않았던 직장생활은 그래도 배움의 시간이 될 수 있었다. 어쨌든 글을 계속 써야 하고 일로써 나를 증명해야 하는 상황에서 글을 쓰고 싶다는 마음은 글을 잘 쓰고 싶다는 마음으로 발현됐다.

　골프잡지에선 똑같이 '우라까이'를 하더라도 비교 대상

인 역시 고만고만한 골프잡지보단 잘하고 싶은 마음으로 이리저리 살을 붙여보며 레토릭에 대한 테크닉을 조금씩 익혔고 덕분에 어떤 골프연습장에선 내게 보도자료 작성을 부탁하기도 했다. 생산력이 중요한 사보사에선 빠른 마감을 위해 각 꼭지에 맞는 나름의 구조를 미리 설정하고 내용을 채워넣는 방법을 스스로 익혀 기사 자판기 취급을 받기도 했다. 물론 공모전 당선과 이후 《매거진t》로의 입사, 백은하, 강명석이라는 뛰어난 필력의 선배들을 비롯해 좋은 동료들을 만난 것이 글 쓰는 사람으로서 경력에 매우 큰 전환이 된 건 사실이지만 그조차 또 다른 아슬아슬한 땜질의 순간이었을 뿐, 예정된 다음 단계로의 진화나 발전, 꿈을 향한 도약 같은 건 아니었다.

미래에 대한 기대감이 아닌 오늘도 무사했다는 안도감. 어제와 똑같아 보이는 오늘을 지지부진 사는 데도 재능과 노력이 필요하다. 시시하지만 만만치 않은 긴 일상과 짧은 성취의 순간이 반복되다, 아주 가끔 남에게 자랑하고픈 일이 하나둘 생기고, 그게 모이다 보면 언젠가 꽤 그럴싸한 이야깃거리가 될 수 있다. 인생이란 대개 그런 모양새고, 글 쓰는 삶도 별다를 것 없다. 차이가 있다면, 글 쓰는 사람들이 자기 일과 삶에 대해 의미를 더 잘 보탠다는 것뿐이다.

고만고만한 재능도
재능이다

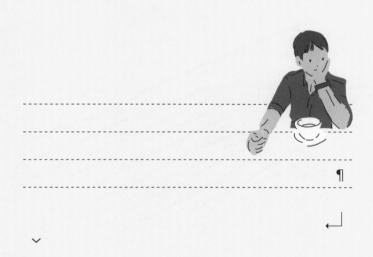

2.

기분만 내지 말고
진짜 연습을 해봅시다

글쓰기 트레이닝

연습은 하지 않는다. 나는 항상 연주만 할 뿐이다
– 기타리스트 잉베이 맘스틴, 하루에 몇 시간씩 연습하느냐는 기자 질문에 답하며

글쓰기
연습은
글쓰기뿐 ¶

⌄

       글쓰기 실력을 단련하기
위해 가장 필요한 연습은 뭘까. 당연히 글쓰기다. 이걸 단지
너무 당연하고 모두 다 알기에 실제로는 도움 안 되는 답으
로 생각하지 않았으면 좋겠다. 축구 이론가인 비토르 프라데
는 축구란 카오스이자 프랙탈이라고 정의한 바 있다(이하 내
용은 이형석의 《현대축구의 전술, 알고 봐야 제대로 보인다!》에서
참조). 축구에서 가장 대표적인 요소를 기술, 전술, 체력, 정
신력이라 가정했을 때 보통 축구란 그 네 가지 요소의 합이
라고 생각된다. 하지만 프라데는 '기술+전술+체력+정신력=

기분만 내지 말고
진짜 연습을 해봅시다

축구'라는 도식이 성립될 수 없다고 말한다. 축구가 카오스인 건, 그라운드 위에서 각각의 요소가 얽히며 수많은 변수가 발생하기 때문이며, 프랙탈인 건 축구라는 전체의 일부는 축구의 형태이지 전술, 체력 등의 개별 요소로 나뉠 수 없어서다. 즉 기술 80, 체력 70, 전술 80, 정신력 90이 모여 평균 80점짜리 축구가 나오는 게 아니다. 프라데는 기술 훈련과 전술 훈련을 따로 해 각각의 능력치를 올리는 방식으로 축구 실력을 늘릴 수 없으며, 그 모든 요소를 종합한 축구 자체를 훈련해야 한다고 주장했다. 이를 발 빠르게 받아들여 한때 유럽 최고의 명장에 오른 게 바로 조제 무리뉴 감독이다.

나는 글도 이와 비슷하다고 생각한다. '문장력+기획력+지식+공감 능력=글쓰기'가 아니다. 개인적으로 '텍스트뽕'이라 부르는 개념이 있다. 간단히 설명하면 인풋에 취하는 감정이다. 거의 모든 직종에서 인풋이 필요하며, 기자나 비평가처럼 글을 다루는 이들에게는 더더욱 그러하다. 다만 인풋 그 자체에 취하면 곤란하다. 수많은 코믹스와 그래픽노블을 구매해 읽다 보면 어느 순간 그것만으로도 만화평론가가 된 기분이 들 수 있다. 인디신의 신보를 놓치지 않고 듣는 것만으로도 최근 음악계 트렌드에 대한 한 편의 글을 쓴 기분이 들며, 존 롤스와 로널드 드워킨, 위르겐 하버마스의 책에 둘러싸인 것만으로도 이미 사회적 논쟁에서 우위를 점한 기분이 들며, 해외 유명 IT 기획자들의 인터뷰 영상을 보는 것만으로도 성공적인 기획안을 하나 완성한 기분이 든다. 그리고, 이 모든 것은 당연히 착각이다.

　이런 인풋이 무의미하다는 뜻이 아니다. 당연히 좋은 글을 쓰기 위해선 끊임없이 새로운 정보와 지식, 텍스트의 경험을 채워 넣어야 한다. 문제는 인풋이 그대로 아웃풋으로 이어지지 않는다는 거다. 구슬이 서 말이라도 꿰어야 보배라는 케케묵은 격언은 정말로 구슬을 꿰느라 피똥을 싸본 사람에게 마음으로 몸으로 와닿는 말이다. 수많은 텍스트를 보고 읽고 듣는 과정에서 쌓인 데이터와 지식, 어렴풋이 느껴지는 시대 흐름의 감각으로부터 그 어렴풋함을 지워내고 해당 지식과 경험적 세계를 연결하며 자기만의 언어로 구조화한 결과물을 내는 과정은 인풋보다 훨씬 고통스럽고 인풋보다 훨씬 자괴감이 들며 무엇보다 완성된 형태가 될 때까진 그 어렴풋한 아이디어나 통찰이 아무것도 아니라는 것을, 어쩌면 이 과정 전부가 최종적으로는 폐기될 쓰레기를 만드는 일이 될 수 있다는 걸 받아들이는 것이다.

아웃풋으로서의 글쓰기는 인풋만큼 시간과 노력에 정비례하지 않으며 오히려 예상과 달리 성취감조차 인풋만 못하다. 반짝인다고 생각했던 통찰은 두 번째 문단에 손대는 순간 바닥나고, 명쾌하다고 생각했던 논리는 활자로 옮기는 순간 오류를 드러내며, 핵심을 관통한다고 생각했던 문장은 어제 이미 다른 사람이 썼다. 뭔가를 쓰고 실제로 만든다는 건 그 구질구질함과 자괴감을 정신적 육체적 맷집으로 아득바득 이겨내고, 우아하지 않은 꼼수를 써서라도 글의 빈틈을 메운다는 것을 뜻한다. 방에 앉아 나보다 뛰어난 사람의 통찰을 읽고 배움을 얻는 우아한 인풋의 과정과 비교해, 아웃풋 과정은 조금도 아름답지 않다.

'텍스트뽕'이 위험한 건, 이토록 고통스럽고 그렇다고 성공이 보장되지도 않는 아웃풋의 과정을 외면하게 하기 때문이다. 읽고 보는 만큼 그에 비례해 내가 성장할 거라는 믿음, 인풋에 비례해 아웃풋도 잘해낼 거라는 믿음에 스스로를 가두고 정작 억지로 무언가를 만들어보는 생산 과정을 회피해선 결국 아무것도 만들지 못한다. 마찬가지로 멋진 문장을 위해 인상 깊었던 문장을 열심히 필사하거나(후술하겠지만 필사라는 행위 자체가 비효율적이다), 세상 돌아가는 흐름을 읽어내기 위해 성공한 사람들의 인터뷰가 실린 뉴스레터를 구독하거나, 언젠가 글로 쓸 아이템을 차곡차곡 메모장에 적어두는 일은 무의미하진 않아도 생각만큼 유의미하지 않다. 각각의 영역을 연습한들 그것이 하나의 글로 짜임새 있게 연결되는 건 아니다. 문학평론가 신형철의 문장이 아름다운 건, 그것이 글의 대상에 대한 적확한 표현이기 때문이다. 좋은 문장이란 결국 대상을 어떻게 다룰지에 대한 방향성 안에서 구성된다. 기획력과 문장력은 둘이 아니며, 대상을 통찰하는 데 필요한 이론적 배경도 분리될 수 없다. 글쓰기를 잘하고 싶다면 글을 써야 한다. 딱히 다른 길은 없다.

기분만 내지 말고
진짜 연습을 해봅시다

필사라는
주술적
행위 ¶

⌄

        실제로 뭔가 해낸 것 같은 기분을 주는 건 '텍스트뽕'만이 아니다. 필사도 상당히 주술적인 행위다. 그것이 실제로 도움이 된다는 근거는 희박한데, 그럼에도 좋은 결과로 이어질 거라는 기우제식 믿음에 가깝다는 점에서. 종종 글쓰기 연습을 한다면서 본인의 필사를 사진으로 인증하거나, 필사하기 좋은 책이나 작가에 대해 질문하는 이들의 포스팅을 보고는 한다. 물론 그들이 정말 기도하는 마음으로 필사를 하는 건 아니다. (나보다 훨씬 유명한 어떤 방송작가가 쓴 글쓰기 책에서 필사를 강력하게 추천하는 걸 본 적도 있다.) 필사가 무의미한 행위는 아니다. 문제는 실제로 그들이 하는 건 '읽기'인데, 본인들은 '쓰기'라고 착각하며 벌어진다.

필사는 남의 글을 손으로 옮겨 적는 행위다. 글을 한 번 읽고, 그걸 곱씹으며 쓰는 만큼 분명 집중력 있게 그 문장을 대할 수 있을 게다. 그러니 도움이 된다. 하지만 결국 이건 손으로 쓰되 집중력 있게 읽는 행위다. 방금 쓴 게 내 문장이 아니니까. 필사를 업그레이드 된 읽기 행위로 생각하거나, 정말 좋아하는 문장을 외우고 싶어서 하는 거라면, 괜찮다. 이 행위로 글쓰기 실력을 키우고 싶다면, 다른 방법을 찾는 게 낫다. 손으로 직접 쓰는 행위를 통해 마치 글쓰기를 반복 숙달하는 기분을 느낀다면 그건 그냥 기분일 뿐이다.

지금도 그런 게 있는지 모르겠는데, 과거 학교에선 일종의 체벌행위로 '깜지'라는 걸 쓰게 했다. 말 그대로 종이가 까맣게 채워질 정도로 영단어나 수학 공식, 기타 암기 사항을 빽빽하게 쓰는 건데, 시키는 선생도 하는 학생도 그것이 실제 공부에 도움이 될 거라고는 조금도 기대하지 않았다. 단지 암기 과정으로만 생각해도 오버 트레이닝이며, 실은 많은 경

기분만 내지 말고
진짜 연습을 해봅시다

우 머리에 넣는 것보다는 지면을 채우는 행위에만 집중하느라 암기에도 별로 도움되지 않았다. 글을 잘 쓰고 싶어 필사를 하는 사람들이 그렇게 무작정 생각 없이 쓰진 않겠지만, 이처럼 필사란 잘못하면 '깜지'고 잘해봐야 모범생 철수의 잘 정리된 오답노트만 못하다.

철수의 오답노트는 도움이 된다. 왜일까. 실제로 풀어보고 왜 틀렸는지 생각하며 그것을 자기의 언어로 정리하기 때문이다. 글에서의 오답노트란 직접 글을 쓰고 스스로 대조하는 행위다. 통찰력 있는 작가의 힘 있는 문장을 열심히 필사한들 그 통찰력이 내 것이 될 수 없으며, 논리적인 글을 필사한다 해서 내 안에 논리 체계가 형성되는 것이 아니다. 그 문장은 쓴 사람의 삶의 궤적과 학습 안에서 하나의 글을 완성하는 과정을 통해 나온 것이다. 필사로 그것들을 가져올 수 없다. 반면 오답노트는 그 문장의 관점이나 논리, 레토릭을 자신이 직접 글을 쓰며 흉내내보고 자신의 글은 그만큼 좋을 수 없는지 확인하고 반성하는 과정을 동반한다. 이러한 반성을 통해 원래 글에서의 그 문장이나 논리가 어떻게 내적인 긴밀함을 유지할 수 있었는지, 그것을 어떻게 내 글쓰기에도 융합시킬 수 있을지 다양한 생각의 경로를 만들어내고, 그 경로를 따라 또 한 번의 오답을 써내며 조금씩 자기에게 맞는 언어를 찾아내게 된다. 그것만이 진짜 자기 것이다.

기분만 내지 말고
진짜 연습을 해봅시다

필사보다
좋은 연습
_구조 모방하기 ¶

나의 글쓰기 경력 중 가장 중요한 변곡점인 《매거진t》 입사 당시 가장 큰 스트레스는 인물 피처 기사였다. TV 평론 공모전에서 당선되고 그럭저럭 청탁받은 원고에 대한 신뢰를 쌓은 덕에 입사하게 된 건데, 인물에 대한 글은 TV 프로그램을 리뷰하는 것과는 너무나 달랐다. 무엇이 대상의 본질을, 그것도 매력적으로 드러내는 방법일까. 아마 가장 중요한 건 인터뷰 과정 자체에서의 통찰력이겠지만, 그건 나중 문제였다. 편집장이던 백은하 선배는 심각하게 부족한 원고를 본인이나 팀장이 반쯤 새로 쓰듯 뜯어고치는 과정을 '빨래'라고 표현하기도 했는데, 인물 피처를 쓰느라 내적 눈물을 한바탕 쏟아내며 아침 해가 뜰 때쯤 기사를 송고할 땐, 잘 썼다는 칭찬을 바라기는커녕 그저 '빨래'만 안 당한 상태로 게재되길 바랄 정도였다.

그 와중에 조금씩이나마 인물 피처에 대한 실력이 늘 수 있었던 건, 백은하 선배가 과거 냈던 인터뷰집인 《우리 시대 한국 배우》의 글, 회사 동료들이 쓰는 인물 기사들의 구조를 조금씩 베끼는 작업 덕분이었다. 내 글과 달리 다른 동료들의 인물 기사는 첫 문장부터 마지막까지 굉장히 매끄럽고 대상에 대한 매력을 살리는데, 왜 내 건 그러지 못하는가. 알 수 없으니 흉내라도 내봤다. 동료가 쓴 어떤 기사에선 대상의 커리어에서 가장 인상적이었던 한 장면으로 첫 문장을 시작하고, 또 어떤 기사는 인터뷰이가 직접 말한 문장으로 시작하기도 했으며, 어떤 글은 인물에 대한 기자 본인의 직관적인 평으로 시작했다. 그중 내가 쓸 기사의 인터뷰이를 묘사하기에 가장 좋을 패턴을 비슷하게 가져다 썼다. 그다음엔 첫 문장 다음에 어떻게 인물로 쑥 들어가는지 두 번째 문장의 패턴을 분석하고 내 문장과 유기적으로 연결되는지 확인하며

기분만 내지 말고
진짜 연습을 해봅시다

글을 구성했다. 당시 함께 일했던 강명석 선배는 인물 기사든 TV 리뷰든 각 글에 맞는 특정한 구조를 익혀 그 안에 내용을 정리하면 적어도 80점짜리 글은 안정적으로 쓸 수 있다고 말해주기도 했는데, 당장 70점은커녕 답안지 제출도 못할 것 같은 입장에서 남의 글의 구조를 분석해 옮기는 방법은 당장의 마감 무간지옥 속에서 그래도 글을 마무리할 수 있게 도와주었고, 실제로 글쓰기 실력을 키우는 데도 도움이됐다.

앞서 필사가 쓰는 행위보다는 읽는 행위에 가깝다고 했지만, 그 읽는 행위를 효과적으로 하기 위해서도 글의 구조를 모사하는 게 필요하다. 그냥 읽기만 해선, 와 되게 잘 쓴 글이다, 라는 감정에서 멈춘다. 하지만 내가 직접 그 구조를 모사해 특정 대상이나 작품에 대한 글을 써보면 그냥 좋기만 하던 글이 왜 좋은지 더 잘 알 수 있다. 한 문장을 모사하고 그다음 문장을 모사할 때, 비로소 왜 두 문장이 인접하는지, 그것이 어떤 효과를 내는지 알 수 있다. 그 과정을 통해 글의 전체 구조를 구성하는 능력이 조금씩 개발된다. 이것이 진정한 의미의 연습이다. 물론 그것만으로 모사하려는 필자의 내

공 자체를 흡수할 수는 없다. 그것은 내 삶의 궤적 안에서 수 많은 글을 쓰며 만들어가야 하는 것이다. 다만 그러한 나만 의 글을 완성해보기 위해 연습이 필요하다. 누군가가 대상 을 바라보는 방식과 사유가 언어로 구조화되는 패턴을 모방 하거나 재조합하는 과정을 통해 조금씩 본인의 실전 마감에 필요한 자신의 언어 역시 개발할 수 있다. 연습하고, 연습하 고, 연습하며.

위트는
조미료가
아니라고 ¶

⌄

위트 역시 자신의 언어를 개발하는 과정에서 만들어진다. 과거 원고에 대한 클라이언트의 피드백 중 가장 짜증났던 것 중 하나는, 지금 내용에 위트만 조금 추가되면 좋을 것 같다는 반응이었다. 클라이언트야 만드는 과정은 상관없이 원하는 결과만 바라니 그 모양이지만, 만약 함께 일하는 동료로서의 선배나 편집자가 그런 요구를 한다면 그의 역량에 대해 의심해볼 필요가 있다. 위트는 무슨 소금이나 후추처럼 완성된 글에 뿌려서 재미를 더해주는 조미료 같은 게 아니다. 그것이야말로 위트에 대한 매우 큰 오해다. 예를 들면 나도 자주 애독하는, 본인 분야에 대한 매우 해박한 지식과 글의 생산성까지 지닌 뛰어난 스포츠 기자가 한 명 있는데 그는 굳이 칼럼마다 '뒤통수를 맛깔나게 후려쳤다' 따위의 문장을 넣어 글의 품질을 떨어뜨리곤 했다. '허를 찔렀다'라는 평범한 문장을 '뒤통수를 맛깔나게 후려쳤다'는 문장으로 바꾼다고 글에 없던 유머러스함이 더해지는 것이 아니다. 위트란 남들이 미처 발견하지 못한 세상의 허술함을 찾아내는 관찰력에서, 대상을 보고 묘사하는 관점의 참신함에서, 점층적으로 논리를 쌓아 닿은 의외의 결론에서 만들어진다. 이미 완성된 글에 위트만 살짝 더하라는 말은, 사실 글을 뜯어고치라는 말과 다를 바 없다.

모든 글의 구성 요소가 그러하듯, 위트 역시 글의 전체 구조와 맥락 안에서 효력을 발휘한다. 이 글의 지금 이 부분에서 왜 웃음이 필요한가, 라는 질문에 글 쓰는 사람 스스로 답할 수 있어야 한다는 뜻이다. 너무 심각한 분위기를 누그러뜨리거나 반전하기 위해서, 논적의 날카로운 공격 예봉을 무력화하기 위해서, 오직 웃음만이 두려움을 이겨낼 수 있어서, 대상의 어리석음을 직관적으로 드러내기 위해서 웃음이 필요하며, 그 웃음을 만드는 과정, 소위 '빌드업'부터 웃음이 터지는 후크까지가 글에 위트를 더한다. 프랜 리보위츠처럼 타고난 지성과 유머 감각, 풍부한 삶의 경험이 누적된 사람처럼 무엇을 쓰든 문장 하나 단어 하나마다 지적 매력을 뚝뚝 묻히는 경우도 있겠지만, 고만고만한 재능을 지닌 나 같은 이에겐 위트란 글의 목적을 달성하기 위한 전략적 요소에 가깝다.

비판적인 글을 자주 쓰는 내 경우, 비판하고자 하는 대상의 논리적 오류를 드러낼 때, 차근차근한 논박 대신 그들이 지닌 세계관을 희화화하는 전략을 쓰곤 한다. 특히 설득 자체가 안 되는 부류의 존재들에 대해. 한때 여성 연예인이 소설 《82년생 김지영》을 읽는다고 밝히거나, 소설을 원작으로 한 동명의 영화에 출연하기로 하면 남성들이 우르르 몰려가 비난하고 저주하는 일이 있었다. 그들에 따르면 이 책은 온갖 피해망상과 통계 조작으로 얼룩진 남성 혐오 소설이다. 그토록 건조한 내용의 작품조차 악마화하는 이들에게 여성의 경험 세계를 아무리 들이댄들 설득이 될까. 그들이 하고 있는 건 악마 같은 페미니스트 세력과의 성전聖戰이라는, 허수아비를 상대로 한 섀도복싱이다. 그들을 타격하려면 섀도복싱의 링 위에 오르는 대신 그것이 허공을 후려갈기는 헛된 춤사위라는 걸 사람들이 구경하는 게 낫다. 나는 《82년생 김지영》이 누적 판매 100만 부를 기록할 즈음, 한 칼럼에서 만약 이 책이 일부 남성들이 주장하듯 그토록 사악한 이야기라면 어떻게 이만큼 팔릴 수 있었을지 음모론적으로 재구성해보았다.

"가장 쉬운 합리적인 의심은 사재기를 비롯해 출판사가 반칙성 마케팅을 했을 가능성을 따져보는 것이다. (중략) 〈SBS 스페셜〉 '82년생 김지영' 편이 방송되면서 월 8만 부 수준으로 판매부수가 급증했다. 민음사가 SBS도 매수했다. (중략) 잠시 주춤하던 판매량이 앞서 말한 아이린의 발언 이후 다시금 솟아올랐다. 민음사가 SM엔터테인먼트도 매수했다."

이런 고약한 작품이 어쩌다 여러 유명인과 언론의 지지로 100만 부나 팔렸을지 의심하는 논리의 경로를 밀고 나갈 때 얼마나 우스꽝스러운 결론에 이르는지 보여줄 때, 자신들이 믿던 세계에선 페미니즘과의 성전을 치르던 전사들은 우스꽝스러운 희극의 광대라는 본모습을 드러낸다. 논리의 단단함이 아닌 뻔뻔함으로 무장한 목소리를 상대할 땐 그들을 직접 상대하기보다는 구경거리로 만들어 손가락질하며 웃어주는 게 더 도움이 되곤 한다. 여전히 힘이 강한 부조리한 통념도 마찬가지다. 나는 한 강연에서 자신들이 군복무 중 당한 국가 폭력의 경험을 근거로 여성주의를 폄하하고 여성가족부 폐지를 요구하는 이들을 위해 다음과 같은 문제를 제시했다.

다음 중 나의 힘들었던 군 생활에서 잘못했던 건 누구인가.

1. 폭언을 일삼은 고참

2. 수직적 명령체계로 불합리한 일을 강제한 간부

3. 일제 잔재로서의 군사 문화

4. 폐쇄적 조직

5. 여성가족부

여기서 1~4를 거르고 5를 선택하는 건 얼마나 어리석은 짓인가. 복무에서 겪은 폭력에 대한 분노를 여성에게 투사하는 굴절혐오를 비판할 때, 굴절혐오의 개념과 오류, 해악을 하나하나 설명하는 것보단 잔뜩 몸을 부풀린 거대한 통념의 허장성세에 거울을 비추는 게 더 나을 수 있다.

물론 글의 위트가 꼭 공격적인 풍자의 방식으로만 등장하는 건 아니다. 자신의 어리석음에 대한 통렬한 고백이나 잉여적인 열정, 짧지만 본질을 관통하는 비유를 통해서도 글에 유머러스한 활기를 불어넣을 수 있다. 다만 논쟁과 비판을 위한 무기 개념이 아니더라도, 위트란 결국 글의 목적을 더 잘 달성하기 위한 언어적 무기라는 점을 잊지 않는 게 중요하다. 글 안에 담을 수 있는 건 오직 언어밖에 없다. 위트든 서정이든 무엇이든 글의 감각적 요소는 언어에 뿌리는 허니버터맛 시즈닝도, 덧칠하는 색조 화장도 아니다. 언어 그 자체다. 이데올로기의 허구를 까발리는 언어, 험악한 세상에서 마음의 위안을 얻기 위한 언어, 동료 시민과의 즐거운 연대를 위한 언어를 개발하는 과정에서 좋은 농담도 발명된다.

인용,
남의 문장을
내 글에 이식하기 ¶

⌄

1년 전 청강문화산업대학교에서 만화·웹툰 콘텐츠학과 학생들을 대상으로 비평 수업을 진행한 적이 있다. 기말시험으로 비평문 과제를 내주며 분량이나 형식 외에 또 다른 조건을 추가했다. 비평문 내에서 논리를 보강하기 위해 책이나 논문의 문장을 한 줄 이상 인용하라는 과제 속의 과제. 솔직한 심정으로는 학생들이 글을 쓰는 과정에서 평소 안 읽어본 책이나 논문을 한 번이라도 직접 찾아 읽는 경험을 해보길 바라며 추가한 조건이지만, 진지한 글쓰기 커리큘럼이라면 인용에 대해선 꼭 다룰 필요가 있다고 생각해서 그런 것이기도 했다. 좋은 글을 쓰기 위해서는 나만의 문장을 개발하는 것만으로는 부족하다. 남의 좋은 문장을 가져오는 것도 필요하다. 구조주의 철학자라면 '나만의 문장'이라는 개념 자체가 주체 철학의 문법적 착각이라고 말할지도 모르겠지만.

남의 문장이 필요한 이유는 여러 가지다. 가장 흔한 케이스는 논거의 획득이다. 최근 신림역에서 흉기 난동 범죄를 저지른 가해자에 대해 검찰은 "최근 8개월간 대부분의 시간을 게임을 하거나 게임 관련 영상을 시청하는 등 '게임 중독' 상태였다. 마치 1인칭 슈팅 게임을 하듯 잔혹하게 범죄를 저질렀다"고 브리핑했다. 이처럼 기회만 되면 보수적 기득권이나 언론이 게임의 폭력성을 현실의 폭력성과 연동해 두들기는 것에 반박하는 글을 쓴다면, 그저 게임할 자유의 당위와 인간의 자유의지에 호소하는 것에 그쳐선 안 될 것이다. 그보단 폭력적 게임을 대표하는 타이틀 중 하나인 〈GTA 4〉가 발매된 이후 4개월 동안 살인 건수가 다른 시기의 평균보다 유의미하게 줄었다는 연구 결과를 인용하는 것이 훨씬 효과적이다.

각 잡은 연구 결과가 아니더라도, 인용은 내게 없는 권위를 빌려오는 방법이 된다. 나는 2016년 이후 급증한 지식인 셀러브리티, 가령 최진기, 설민석, 강신주 등을 TV가 활용하는 방법에 대해 비판하는 글을 쓰곤 했는데, 비슷한 문제에 대해 통렬히 비판했던 피에르 부르디외의 《텔레비전에 대하여》에 있는 문장들은 좋은 길잡이인 동시에 인용을 통해 글에 힘을 보태주기도 했다. 세계적인 권위를 지닌 학자나 작가의 문구는 짧으면서도 깊은 통찰을 담은 경우가 많기 때문에 적절하게 골라 기입하기만 한다면 글이 다른 반론에 쉬이 날아가지 않도록 무게를 잡아주는 추 역할을 한다. 그런 면에서 적절한 인용에서 가장 핵심적인 건 현재 쓰고자 하는 글에 가장 적절한 문장을 골라내는 작업이다. 이 작업이 원활하려면 당연히 많이 읽어야 하고, 책의 중요한 문장에 표식을 남겨야 하며(나는 파란색 플러스펜으로 밑줄 치는 걸 선호한다) 가능하다면 작업실과 서재가 같은 공간인 게 좋다.

　　하지만 인용을 그저 많은 책과 자료를 섭렵해 그중 가장 적절한 걸 골라내는 작업으로만 설명하면 이상한 딜레마에 마주친다. 최고의 인용구를 찾다가는 영원히 쓰지 못한다는 것. 우리는 아무리 시간이 많아도 세상의 모든 책을 읽을 수 없으며, 심지어 시간도 부족하다. 좋은 인용을 위해 많이 읽어야 하지만 어느 지점에선 멈추고 이제 써야 한다. 즉 인용은 많이 섭렵하는 것 이상으로 한정된 지적 자원을 얼마나 효과적으로 사용하느냐는 문제이기도 하다. 몇 가지 팁을 말할 수 있을 것 같다. 직접 인용은 짧게 하는 게 좋다. 페미니즘 이슈나 혐오표현에 대한 글을 쓸 때 내가 이론적으로 가장 의존하는 철학자는 낸시 프레이저인데, 프레이저의 통찰을 쓰고자 하는 대상에 최대한 밀착해 적용하되 프레이저의 문장은 그 논리 구조의 중핵을 이루는 잠언 하나만 골라 쓰려 한다. 그러지 않고 매 문장마다 '프레이저에 따르면'이라며 인용을 하고 그걸 대상에 적용한다면, 정작 이론과 대상의 거리는 벌어지고 글도 너저분해질 뿐이다. 그런 식의 인용은 내가 해당 학자의 이론을 자기 안에서 소화하지 못했다는 것만 자백할 뿐이다. 인용구가 들어갈 위치도 중요한데, 마지막 문단에 인용구를 넣는 건 추천하지 않는다. 기껏 열심히 써놓고, 정작 자기 목소리를 가장 확실히 내야 할 마지막 결론에서 타인의 권위에 의존하는 인상만 남길 뿐이다.

그리고 무엇보다 문장을 인용할 땐, 이 글에서 이 지점에 들어갈 너무 좋은 문장이 있는데 하필 그게 내가 아닌 남이 먼저 쓴 것이라 인용한다는 느낌으로 쓰는 게 좋다. 정말 좋은 인용은 그것이 남의 문장임에도 글 안의 모든 논리 구조와 문장의 흐름에 잘 끼운 톱니바퀴처럼 연결된다. 여성 대상 증오범죄가 벌어질 때마다 작가 마거릿 애트우드의 "남성은 여성이 자신을 무시할까 봐 두려워하고, 여성은 남성이 자신을 죽일까 봐 두려워한다"는 문장이 인용되는데, 그건 애트우드가 세계적인 작가인 때문이기도 하지만, 아직 그만큼 여성혐오범죄의 본질을 꿰뚫는 문장을 세상이 못 찾았기 때문이다. 다만 개인적으로는 애트우드의 그 문장만큼 너무 자주 인용된 문장은 피할 수 있으면 피하는 게 좋다는 생각이다.

마지막으로, 너무 당연한 이야기지만 인용엔 출처가 언제나 중요하다. 당장 '나는 당신의 견해에 반대하지만 누군가 당신의 말할 자유를 억압한다면 당신 편에 서서 싸우겠다'는 볼테르의 명언은 볼테르가 한 말이 아니라는 걸 여전히 지적해야 하는 상황이다. 출처가 불분명한 인터넷발 자료는 정말 조심해야 한다. '같은 행동을 하며 다른 결과를 바라는 건 미친 짓'이라는 아인슈타인 명언 역시 출처가 불분명하지만 버젓이 신문 기사에 인용되고는 한다. 인터넷에서 발견한 위인의 명언은 웬만하면 거짓이라 생각하고 인용하지 않는 게 마음 편하다. 검증할 수 없는 정보가 범람하는 이 시기에 "나무위키에서 검색한 정보를 논하는 건 선비의 도리가 아니"라는 퇴계 이황의 가르침을 떠올릴 필요가 있다.

길티플레저에
대해
써보자 ¶

↵

˅

　　　　　　　　　다시 말하지만 글쓰기에
제일 좋은 연습 방법은 글쓰기다. 그럼 어떤 글을 쓰는 게 연
습으로서 가장 좋을까. 이것저것 다 써보는 게 가장 좋겠지
만 이거야말로 너무 당연해서 도움이 안 되는 조언이다. 〈엑
스맨: 데이즈 오브 퓨쳐 패스트〉에서 거의 괴물 수준의 근육
질 몸매를 보여줬던 배우 휴 잭맨은 웨이트 트레이닝 중 단
하나를 선택해야 한다면 데드리프트를 선택할 거라며, 그것
이 가장 다양한 부위를 자극하는 운동이기 때문이라 설명한
바 있다. 글쓰기 연습에도 데드리프트가 있을까.

내 경험으로는 길티플레저에 대해 써보는 게 굉장히 도움이 됐다. 어느 정도 자신의 취향을 갖추고 문화 소비를 하는 이들에겐 남에게 알리기 좀 부끄러운 길티플레저 한 두 가지가 있기 마련이다. 엄청난 인기를 끌었던 〈문명특급〉의 '숨듣명' 기획과 그에 대한 대중의 공감을 떠올려보라. 그것은 '숨듣명'일 수도 있고, 어떻게 봐도 정치적으로 올바르다고 하기 어려운 개그 만화일 수도 있으며, 너무 비장하고 민망해서 소름이 돋는 마초삘 충만 90년대 록발라드 가사일 수도 있다.

자신만의 길티플레저에 대해 글을 써보는 건 무엇보다 굉장히 유용한 질문에 답을 하는 과정이 될 수 있다. 나는 왜 '그럼에도 불구하고' 이 텍스트를 사랑하는가. 거의 대부분의 습작 과정에선 이유가 명확한 글을 쓰려 한다. '그래서' 좋고, '그래서' 싫은, 인과가 명확한 것들. 대상에 대한 호불호의 이유가 자기 안에서 너무 명확하고 당연해질수록 그 텍스트에 대한 다른 관점, 다른 맥락, 반박의 논리를 떠올리기 어렵다. 글 자체의 내적 논리는 일관성이 있더라도, 조금만 다른 관점에서 비판이 들어오면 쉽게 허물어질 수 있다. 자칫 내가

기분만 내지 말고
진짜 연습을 해봅시다

좋아서 좋고, 내가 싫어서 싫다는 순환논법이 발생해도 눈치 채지 못할 수 있다. 하지만 길티플레저에 대해서는 본인 스스로 이 대상을 좋아하는 마음과 부끄러워하는 마음이 공존하기에, 단순히 내가 좋아하는 이유를 밀어붙이기보다는 훨씬 더 스스로를 점검하고 변론하듯 사고하게 된다.

더 좋은 건, 내가 왜 부끄러움을 무릅쓰고 이걸 좋아하느냐는 질문을 파고드는 과정에서 나 자신에 대해 더 잘 알 수 있다는 것이다. 길티플레저에 대해 써본다는 건 스스로에게 그 어느 때보다 솔직해진다는 뜻이기도 하다. '그럼에도 불구하고' 내가 무언가를 놓기 어렵다고 할 때, 거기엔 정말 포기하기 어려운 취향이 있을 수도, 내 안의 어떤 병리적인 결핍과 욕망이 있을 수도, 나만의 독특한 사적 윤리관이 있을 수도 있다. 스스로 이것을 아는 건 매우 중요하다. 높은 수준의 자기 이해를 가져야만, 앞으로 내가 무엇을 쓸지에 대해, 또 무엇을 쓰고 싶은지에 대해, 또 내가 실제로 어떤 의도로 글을 쓰고 있는 것인지에 대해 인식할 수 있다. 자기 인식이 두터워질수록 관점은 더욱 명료해지고 내적 모순이 줄어들며 비로소 글쓰기는 세상과 관계 맺는 도구나 싸움의 무기

가 될 수 있다. 물론 그것은 어느 정도 근력이 붙은 이후의 일
이지만.

기분만 내지 말고
진짜 연습을 해봅시다

루틴에
대한
환상 ¶

⌄

무언가를 한 것 같은 기분
을 경계하고 실제로 뭐라도 써야 실력이 는다는 제언은 분명
어떤 종류의 성실성을 요구한다. 이러한 요구가 다른 작가들
이 종종 이야기하는 것처럼 집에서 출퇴근하듯 글을 쓰라는
뜻은 아니다. 나는 루틴에 대한 집착도 상당히 주술적 사고
라고 생각한다. 몇 시부터 몇 시까지 시간을 정해 작업할 방
으로 출근하고 죽이 되든 밥이 되든 그 시간은 책상 앞에서
보내다 퇴근하는 그 과정에 어떤 효율성과 생산성이 있는지
나는 여전히 모르겠다. 엉덩이를 의자에 붙이고 있으면 아이

디어가 떠오르는가? 시간에 비례해 글의 진도가 나가는가? 회사에 출근을 해도 일을 하기 싫은 게 사람이다. 나 역시 회사에 소속된 기자 생활을 했지만 근태는 회사 공간에서 함께 대화하고 기획을 짤 동료들과의 상호 신뢰와 조직의 결속력 때문에 필요했지, 정작 기사 자체는 집에서 밤을 새며 마감하기 일쑤였다. 어차피 글을 완성하기 위해서는 어느 정도 스스로를 글쓰기의 감옥 안에 가둬야 한다. 다만 그것이 루틴일 이유는 조금도 없다. 전업 작가든 아마추어든.

출퇴근 시간을 정해 글을 쓰는 것이 하루 종일 놀다가도 리뷰 한 편은 쓰고 자겠다는 다짐보다 특별히 나을 건 없다. 마찬가지로 글이 풀리지 않아도 책상 앞에 진득하게 붙어 한 문장이라도 더 써보려는 것만큼이나, 글이 안 풀릴 때 동네 근린공원에 나가 걸으며 뇌에 산소를 공급해주는 것이 프로의 방식일 수도 있다. 퇴근 시간까지 글을 붙잡다가 6시 30분부터 기아 타이거즈 경기 중계를 보며 하루를 마무리할 수도 있겠지만, 대충 하루를 빈둥대고 야구까지 보다가 선발 투수와 중간 계투 모두 경기를 터뜨려 더는 기대할 것이 없는 6회 즈음 '이런 저질 경기를 보느니 글이라도 쓰는 게 낫겠다'는 자포자기한 심정으로 작업 방에 들어가는 게 글의 진척을 빠르게 높여줄 수도 있다. 작업 효율이란 건 사람마다 다르며, 자신에게 숙제를 부여하는 방식도 같을 필요가 없다. 자신에게 맞지도 않는 루틴에 스스로를 가두고 그래도 출근을 했으니 뭔가 되겠거니 하는 거야말로 기분만 내는 행위고 주술적인 믿음이다.

　루틴이 잘못된 게 아니다. 성실함을 루틴의 방식으로만 표상하는 게 잘못된 거다. 루틴에 대한 환상은 성실함이라는 상당히 폭넓은 개념을 자기계발의 언어로 환원하며 벌어진 해프닝일 뿐이다.

3.

마감, 희노애락喜怒哀樂 아니
노애노애怒哀怒哀의 드라마

글쓰기 실전

누구든 계획은 가지고 있다. 쳐 맞기 전까진.
- 마이크 타이슨

누구나
계획은 있다,
첫 문단까진 ¶

첫 문장은 첫 인상이다. 멋진 첫 문장은 라운드 시작과 함께 날아온 플로이드 메이웨더 주니어의 감각적인 잽처럼 날카로운 선전포고인 동시에, 그 한 방만으로 마치 이 라운드 전체의 공기를 장악한 것 같은 환영을 관객에게 선사한다. 가령 테오도르 아도르노의 《미학이론》은 도저히 알아먹기 어려운 난해한 문장들이 소용돌이치는 책이지만, "예술에 관한 한 이제는 아무것도 자명한 것이 없다는 사실이 자명해졌다"는 첫 문장은 너무나 매혹적이라 예술의 자명성 상실이라는 머리 아픈 주제 안으

마감, 희노애락 아니
노애노애의 드라마

로 독자를 홀리듯 빨아들인다. 물론 취한듯 읽고 나면 역시 취한듯 기억에 남은 건 없지만. 아마 당신이 좋아하는 작가들 역시 어떤 종류의 첫 문장으로 당신을 유혹했을 것이다.

나 역시 글을 쓸 때 첫 문장을 중요하게 생각한다. 글에 맞는 인용구를 찾거나 패러디하거나, 마치 20자 영화평처럼 글감에 대한 평가를 노골적으로 혹은 비유적으로 남기거나, 때로는 글의 마지막 문장과 수미상관을 이룰 것을 계산해 써보기도 한다. 하지만 언제나 멋진 첫 문장이 떠오르는 것은 아니며, 첫 문장의 멋에 집착할수록 마감 시작은 한없이 미뤄진다. 최악은 때로 대책 없이 멋을 낸 첫 문장이 자칫 첫 문단의 흐름을 처음부터 망칠 수 있다는 것이다. 메이웨더의 잽은 그 자체로 섬광 같은 아름다움이 있지만, 결국 이후 나올 주먹을 위한 셋업이기도 하다. 첫 문장을 쓸 땐, 그것이 전체 글의 첫 문장이자, 첫 문단의 첫 문장이라는 것을 잊어선 안 된다. 글 전체를 대표하는 첫 문장을 쓰기란 상당히 어렵지만, 첫 문단의 기능에만 집중하면 아주 어렵지만은 않다.

마감은 언제나 힘든 일이지만 나는 아직도 칼럼의 첫 문단을 쓸 때까진 꽤 자신만만하다. 적어도 글감을 골랐을 땐 이미 첫 문단에 대한 어느 정도의 계산은 끝난 셈이다. 글 쓸 대상, 어떤 작품이든 사건이든 현상이든 그에 대해 쓰고자 할 땐 현재적인 이슈 또는 나 스스로의 평가가 동반된다. 〈오징어게임〉에 대해선 당시 글로벌 시장에서 선풍적인 인기를 끌고 있으니까, 영화 〈인어공주〉에 대해선 원작 팬들의 비난과 그에 대한 반박의 논쟁이 격화되니까, 게임 〈젤다의 전설: 왕국의 눈물〉에 대해선 게임 설계가 너무 탁월하니까, 쓰게 되는 것이다. 보통 첫 문단은 글의 이유에 대한 대략적 소개와 그에 대한 나의 입장과 관점을 제시하는 방식으로 구성된다. 〈오징어게임〉이 신드롬을 일으키고 있는데 그걸 보는 내 입장은 이러하다, 〈젤다의 전설: 왕국의 눈물〉이 진짜 잘 만든 게임인데 나는 그중 이 부분을 강조해 이야기하고 싶다. 〈더 라스트 오브 어스 파트 2〉에 대해 국내외 게이머들이 수많은 비난을 하고 있는데, 그것이 어떤 면에서 핀트가 어긋난 것인지 증명하고 싶다 등등.

간혹 이러한 첫 문단의 기능적 역할을 두 번째 문단으로 미루는 첫 문단도 있다. 가장 흔한 건, 글에서 다루고 싶은 대상과 사건과 연결할 만한 자신의 경험담(이라고 말하지만 많은 경우 자신과 접촉한 타인의 경험을 팔아먹는)으로 첫 문단을 채우고 그 다음에 두 번째 문단에서 원래 첫 문단에서 했어야 할 이야기로 들어가는 방식이다. 이 방식의 강점은 개인의 이야기로 시작해서 독자에게 인간적인 공감이나 연민을 이끌어내며 시작할 수 있다는 것, 그리고 쉽고 무의미하게 원고의 분량을 늘릴 수 있다는 거다. 나는 이런 첫 문단은 아주 잘 쓴 경우에조차 실제 첫 문단 역할이 아닌 프롤로그 역할을 한다고 생각한다. 만약 원고지 500매 이상의 책을 쓰는 경우라면 그러한 프롤로그가 멋진 도입부이자, 진입 장벽을 낮춰주는 중요한 기능을 하겠지만, 10~20매 사이의 칼럼에서 아예 한 문단을 통으로 아무도 관심 없을 자기 이야기를 한 가득 늘어놓으며 프롤로그처럼 쓴다는 건 너무 비효율적이다. 개인의 경험을 서두로 시작하고 싶다면 그것이 첫 문장을 포함해 첫 문단의 일부를 이룰 뿐, 첫 문단의 기능이 두 번째 문단으로 미뤄지지 않아야 한다. 실제로는 두 세 문장으로 이어지더라도 우선은 인상적인 첫 문장을 위해 개인의 경험담을 넣는다는 느낌으로 접근하는 게 좋다.

첫 문단은 기본적으로 독자들에게 내가 이 대상에 대해

이런 이유로 쓴다는 일종의 선언이다. 첫 문장은 이 선언을 좀 더 강렬하게 독자에게 인식시킬 일종의 티저 예고편 같은 거다. 가장 좋은 건 글 전체를 아우르는 아이디어와 함께 그것을 관통하는 문장이 직관적으로 떠오를 때다. 가령 나는 칼럼을 쓰기 위해 개봉 첫날 〈더 퍼스트 슬램덩크〉를 보는 중에 경기 전반전이 끝나기도 전에 첫 문장을 떠올렸다. "송태섭은 단 한 번도 자기보다 작은 상대와 맞붙은 적이 없다." 그 한 문장은 내가 이 작품의 주제의식과 캐릭터에 대해 어떤 감상을 받았고 어떻게 해석했는지 독자에게, 심지어 나 자신에게도 바로 일깨워주는 것이었다. 하지만 그런 운 좋은 날은 흔치 않다. 많은 경우 첫 문단의 흐름이 비교적 명확해도 후크가 될 만한 첫 문장이 쉽게 떠오르진 않는다. 너무 오래 고민할 필요 없다. 짧고 직관적인 후크로서의 첫 문장은 좋은 첫 인상을 만들지만, 너무 멋을 고민하다가 만든 첫 문장은 안 어울리는 모자나 액세서리처럼 어색하고 튀는 장식이 될 뿐이다. 첫 문장에 기교보다 필요한 미덕은 짧은 호흡이다. 멋진 문장이 안 떠오르면 글의 대상 혹은 주제로 바로 들어가되, 최대한 짧은 호흡으로 끊어내는 게 좋다. 한 번이

마감, 희노애락 아니
노애노애의 드라마

어렵다면, 첫 문장을 두 번에 나눈다는 느낌으로 짧게 두 문장을 연달아 내는 것도 좋다.

　어쨌든 이렇게 첫 문장부터 첫 문단의 마지막에 문제제기까지 연결해내면 글을 보통 다섯 문단으로 구성하는 내 기준에선 대충 1/5 분량은 완성된 셈이다. 심지어 이것이 대상에 대한 나의 입장이라고 썼으니 이제 그 입장을 정리만 하면 나머지 4/5가 채워질 일이다. 오케이, 계획대로 되고 있어.

할 말이
충분히 있었다는
착각 ¶

↵

˅

　　　　　　　　대상에 대한 나만의 흥미
로운 관점이라는 건, 매우 많은 경우 아이디어 상태에 머물
러 있다. 〈나 혼자 산다〉에서의 기안84의 인기와 중년 남성들
의 〈나는 자연인이다〉에 대한 동경을 연결해서 설명해보는
건 어떨까. 〈더 글로리〉에서 학교 폭력 문제 대신 계급에 집
중해 문제제기해보는 건 어떨까. 게임 회사의 페미니즘 사상
검열에 대해 도덕적 차원을 배제하고 오직 시장 관점에서 왜
그것이 자충수가 되는지 분석해보면 어떨까. 다 그럭저럭 재
밌게 느껴진다. 첫 문단을 다 쓴 시점에도 그러하다. 와, 이렇

게만 풀려 나가면 이번 마감은 평타 이상 치겠어. 하지만 곧 깨닫는다. 평타는커녕 이걸 쓰겠다고 덤볐던 몇 시간 전 내 머리나 쳐야 할 것 같다는 걸.

아이디어는, 그냥 아이디어일 뿐이다. 좋은 아이디어도, 그냥 아이디어일 뿐이며, 매우 탁월한 아이디어도 결국엔 아이디어일 뿐이다. 아이디어는 발상, 즉 출발점이다. 당연히 꼭 필요하다. 다만 아이디어는 출발점에서 어느 방향으로 가야 할지조차 알려주지 않는다. 일에 대한 이야기로서 상당한 수작 영화 〈인 굿 컴퍼니〉에는 잡지사 광고 부서에 들어온 젊은 보스가 시리얼 포장지에 광고를 넣는 아이디어를 제시하며 자신의 참신함을 어필하는 장면이 있다. 하지만 결과적으로 회사를 살린 중요한 계약은 전통적인 잡지 지면 광고 수주로 이뤄진다. 시리얼 포장지 광고 아이디어가 별로라서가 아니다. 광고의 주 소비자는 누구인가, 그들은 광고를 주로 어떤 경로로 보는가, 그들의 구매욕은 어떻게 자극되는가, 라는 질문에 답변하며 기획을 짜지 않으면 어떤 아이디어든 그저 잠깐 반짝 빛을 발하고 말 뿐이다.

글쓰기에서의 아이디어도 마찬가지다. 재밌는 아이디어

가 떠올랐다 해도 그것이 독자들에게 대체 어떤 의미가 있을지, 그 의미를 주기 위해 어떤 논리적 경로를 따라가야 하는지, 그리고 그 경로로 마지막 문단과 결론까지 갈 수 있을 만큼의 경험적 논거가 충분히 있는지 생각하지 않으면, 당장 분량을 채우기도 어렵거니와 하나의 아이디어를 계속해서 단어와 문장만 바꿔 내내 동어 반복하는 것에 그치고 만다. 그렇기에 가장 좋은 건 글을 쓰기 전에 어느 정도의 기획을 미리 머릿속에 구성해두는 것이다. 하지만 당장 마감 날짜에 쫓겨 다급히 글감을 정하는 게으른 필자에겐 쉽지 않은 일이다. 그래서 내 경우엔 글을 써나가는 행위 자체가, 주제에 대한 방향성과 목적지를 설정하고, 적절한 경로를 탐색하는 과정을 동반한다. 즉 미리 그려놓은 청사진을 옮기는 게 아니라, 청사진 자체를 우당탕탕 머릿속에 그려가며 결과물을 만드는 것에 가깝다. 이렇게 말하면 마냥 엉망진창 같지만 꼭 그런 것만은 아니다.

글을 쓰는 작업은 그 자체로 자기 자신의 생각에 대한 피드백이기도 하다. 머릿속에 있을 땐 굉장히 그럴싸해 보였던 아이디어와 논증 방식은 언어로 구조화해 눈앞에 문장으

마감, 희노애락 아니
노애노애의 드라마

로 완성될 때 비로소 그 어설픔을 온전히 드러낸다. 글쓰기란 완성된 생각을 꺼내 쓰는 과정이 아니다. 오히려 반대로 글을 쓰는 과정을 통해 생각을 언어로 더 구체화하고 세밀화하며 완성하는 과정이다. 글쓰기가 자아실현의 도구인지는 모르겠지만, 적어도 글을 쓰는 과정이 내 생각과 감정이 무엇인지 더 잘 알게 되는 계기가 되는 건 그래서다. 언어로 구체화하는 과정을 통해서만 나의 문제의식이 정리된 생각인지 그저 정념의 덩어리였는지 알 수 있다. 그리고 그것을 계속 말이 되게 고치고 막연했던 직관을 옮길 단어와 개념을 고르다 보면, 근거 없는 정념은 후퇴하고 내가 책임 있게 주장할 수 있는 관점의 범위가 구체화된다. 글쓰기란 본질적으로 반복적인 작은 퇴고를 누적하는 작업이다.

시작은 반이 아니지만
두 번째 문단은
반을 넘는다 ¶

↵

﹀

좋은 아이디어와 좋은 결과물 사이에는 몇 개의 험난한 봉우리가 있다. 보통은 그 첫 봉우리가 두 번째 문단이다. 조금 과장하면 두 번째 문단만 잘 넘으면 마지막 문단 전까지는 비교적 평탄하게 등정할 수 있다. 총 다섯 문단을 기준으로 했을 때 첫 문단이 도입이라면 두 번째부터 네 번째 문단까진 핵심 아이디어에 대한 논증으로 채워진다. 이 중 두 번째 문단은 핵심 아이디어가 어떻게 실제로 적용되는지 제시하는 역할을 한다. 가령 나는 이준석 전 국민의힘 대표가 젊은 남성들의 지지를 받으며 승

승장구하던 당시, 그가 강하게 주장하던 공정한 경쟁 담론에 대해, 그가 과거에 출연해 1회 만에 탈락했던 tvN 〈더 지니어스〉에서의 경험을 대치해 반쯤 반박하고 반쯤 놀려주면 어떨까 하는 아이디어를 떠올렸다. 꽤 재밌는 생각 같았고 첫 문단도 무난히 나왔다. 그런데 정말로 〈더 지니어스〉에서의 상황으로 이준석의 철학이 반박 가능한 것인지 증명하기 위해서는 꽤 많은 자료와 논리가 필요하다. 단순히 너도 TV쇼에서 1회 만에 떨어진 낙오자잖아, 라고 비웃긴 쉽지만, 그것으로는 그의 논리가 틀렸다고 말할 수 없다. 그렇기에 그가 말하는 공정이란 개념의 근거를 검토하고, 그 허구성을 논증한 뒤, 바로 그 허구성 때문에 비록 〈더 지니어스〉가 공정한 게임이었다 해서 1회에 탈락한 이준석이 제일 어리석다는 뜻이 될 수 없다는 논리 구조를 만들어갔다.

두 번째 문단에서 나는 이준석이 쓴 《공정한 경쟁》을 인용해 그가 말하는 "완벽하게 공정한 경쟁"이 어떤 가정 위에서 있는지 이준석 본인의 언어로 제시한 뒤, 그가 말하는 동등하고 치열한 학업 경쟁의 장으로서의 목동이란 공간이 이미 매우 계급적이고 타 지역과의 불평등을 실증한다는 것을 지적했다. 세 번째 문단에선 이러한 공정한 경쟁 개념의 허구성이 〈더 지니어스〉처럼 상당히 통제된 게임에서도 반복될 수밖에 없다는 것을 논증하고, 네 번째 문단에선 이준석 스스로 〈더 지니어스〉 1회전 탈락으로 자신의 모든 역량을 평가받는 게 부당하다는 걸 인정한다면 공정에 대한 본인의 가정을 버려야 한다는 자승자박의 상황으로 이끌었다.

이처럼 두 번째 문단에서 핵심 아이디어의 증명이라는 방향을 잘 설계하면 세 번째와 네 번째 문단은 시간이 걸릴지언정 자연스럽게 연역될 수 있다. 대부분의 경우 해당 문단들은 두 번째 문단에서 자연스레 따라오거나 따라와야 할 다음 단계의 질문 혹은 제기될 수 있는 반박에 대한 재반박이거나, 근거 보충, 보론에 가깝기 때문이다. 이준석을 자기 논리로 자기 자신을 공격하는 자승자박의 늪에 빠뜨리는 것으로 만족할 수도 있지만, 기왕에 그의 공정 개념이 허구적인 것을 지적했으니 공정이란 말을 이준석 방식의 용례로부터 구출해 더 나은 도덕적 기획을 제시할 수도 있다. 실은 웬만하면 네 번째 문단에선 그럴 수 있어야 한다. 내 생각이 이렇다는 걸 전달하는 건 단순한 상호 이해의 영역이고, 내가 제안한 도덕적 전망에 독자가 어느 정도 공감하고 동의할 수 있어야 비로소 글의 존재 이유가 생기기 때문이다. 이 글이 세상에 존재하는 게 그래도 없는 것보다는 낫다고 말할 수 있는 이유. 그렇기 때문에 이론의 적용이나 가시적인 인용은 세 번째, 네 번째 문단에서 이뤄지는 게 좋으며, 사용 가능한 레퍼런스는 많으면 많을수록 좋다. 글을 쓸 당시 많은 이들이 이준석을 비판하기 위해 마이클 센델의 《공정하다는 착각》을 인용했는데, 그게 너무 자주 인용되어 빤하기도 하고, 기왕이면 이준석이 미국의 자유주의를 자신의 근거로 댄 만큼, 아예 미국 자유주의 정치철학의 거두(이자 센델보다 훨씬 큰 학문적 권위를 지닌) 존 롤스의 《공정으로서의 정의》를 인용했던 기억이 난다. 자, 어쨌든 거의 다 왔다. 이제 마지막 문단만 남았다. 조금만 힘을… 힘을… 힘이… 없어.

마지막 문단 따위
얼른 치워버리고
잠이나 자고 싶지만 ¶

⌄

마지막 문단을 쓰기 어려
운 이유는 두 가지다. 우선 글의 결론을 내는 건 원래 어려운
일이다. 많은 경우 직전 문단에서 할 만한 얘기나 도덕적 근
거와 방향성은 거의 치약의 마지막 한 마디까지 쥐어짠 상태
다. 내가 할 얘기가 있다고 생각했는데 의외로 아니라는 걸
깨닫는 게 두 번째 문단에서 느꼈던 곤란함이라면, 이제 할
얘기를 다 한 상태에서 뭘 어떻게 마무리해야 하느냐는 게
마지막 문단에서의 난감함이다. 이때 가장 저지르기 쉬우며
가장 글을 허무하게 만드는 건, 구체적인 사안에 대한 윤리

적 문제를 고찰하다가 갑자기 원론적이고 범위가 큰 윤리적 제언을 하는 결말이다. 가령 어떤 프로그램, 어떤 사건에서의 여성혐오 논란을 다루며 그게 왜 여성혐오인지, 왜 도덕적으로 우리가 비판해야 하는지, 그것이 어떤 방식으로 재생산될 수 있는지, 등등을 얘기하고선 마지막에 그러니까 우리 모두 성평등을 위해 노력하자고 하는 건 틀린 말은 아니지만 김빠지는 동시에 논리적으로 허접하다. 개별 이슈에 대한 논의를 더 포괄적 도덕에 대한 주장으로 이어가는 건, 얼핏 논리적 귀결처럼 보이지만, 실은 앞의 문단들이 모두 암묵적으로 깔아두고 있던 도덕적 전제를 결론으로 제시하는 것에 불과하다.

결론 부분 문단의 역할은 이렇게 요약할 수 있다. 글을 쭉 읽은 독자가 '그래, 네가 무슨 말 하는지 알겠어. 그런데 그래서 어쩌자고?'라고 질문할 때 그에 대한 대답을 해주는 거라고. 질문에 대해 그러니 이러저러하자고 할 수도 있을 것이고, 이러저러하자는 질문 자체를 벗어나 다른 사유를 해보자고 제안해볼 수도 있을 것이며, 지금까지 해온 얘기가 실은 이러저러하자는 이야기라며 한 번 더 알아듣게 정리 및 강조

할 수도 있다. 무엇을 선택하든 괜찮다. 그래서 내가 어쩌자는 얘기를 하고 싶은 건가, 혹은 이 글의 흐름에서 어쩌자는 얘기로 끝내는 게 가장 합리적인 사고의 경로인가, 계속 자문하고 확인하며 써보는 수밖에 없다. 그런데 이 자문을 통한 내적 피드백을 더 어렵게 만드는, 마지막 문단을 쓰기 어려운 두 번째 이유가 있다. 바로 육체적인 피로다.

글을 술술 생각한 대로 써 내려가는 사람들이 있을지도 모르겠다. 적어도 나는 아니다. 그래서 글 쓰는 게 귀찮다. 이 귀찮음은 내 사유의 얄팍함을 재확인하고 그걸 다시 쓸 만한 뭔가로 변형시키기 위한 귀찮음인 동시에, 그냥 정말 몸이 귀찮은 일이기도 하다. 그것이 결과적으로 좋은 글이든 그저 그런 글이든, 적어도 대충 쓰지 않고 자신의 최대치를 담아내려는 글쓰기는 오래 걸린다. 당연히 뇌는 지치고, 시간이 길어질수록 몸 여기저기에서 이상 신호가 발생하고, 도저히 커피로는 막기 어려운 졸음의 순간이 찾아온다. 너무 너무 안 풀려서 아예 두 번째, 세 번째 문단에서 막혀버린 상태가 아니라면 마지막 문단 즈음에서 피로는 최고조에 오른다. 보통 시기가 일치하기도 하고, 마지막 문단이 잘 안 풀리다 보니 결국 육체적 한계 상황이 올 때까지 글을 못 끝내서이기도 하다. 이때 가장 현명한 행동은 포기하고 잠시 눈을 붙이는 거다. 뭔가 머릿속에 떠오르는 상태에서 괜히 잠을 청해 지금의 흐름이 끊기는 게 걱정될 수 있지만, 실은 그 머릿속에 떠오르는 게 정말 이 글에 필요한 것들인지 확인하는 메타적 인지를 하기 위해선 잠시 뇌를 쉬게 하는 게 제일 좋다.

문제는 나도 이 경우 고집을 피우고 잠을 미룬다는 거다. 다시 한번 말하지만 그냥 포기하고 잠시라도 자는 게 좋다. 그게 정답이다. 하지만 마감의 9부 능선을 넘었다는 감각(이 자 착각)은 마지막 문단 따위 얼른 끝내버리고 마음 편히 꿀잠을 자겠다는 잘못된 판단으로 이어진다. 마지막 문단을 분량상 반쯤 쓴 상태라면 더더욱 그러하다. 이즈음부터 글이 더는 진행이 안 되고, 쓰면 쓸수록 이 방향이 맞는지 인식하기 어려워지며 썼다 지웠다 시간만 허비하는 사태가 발생하는데, 가령 새벽 5시쯤 이제 6시 안에 끝내고 자자고 마음먹었으면 어느새 7시가 넘는 그런 상황이다. 그러니까 다시 한번, 그냥 그 시간에 잠을 청했으면 되는 거였다. 밤을 새고 카페인을 들이부으며 만들어진 각성 상태를 머리가 맑은 걸로

83   글쓰기
실전

착각하며 글을 붙잡아봤자 글은 잘 풀리지 않고, 심지어 어느 순간 굉장히 엉뚱한 논리적 경로로 이탈해 정확히 무슨 글을 쓰고 싶었던 건지 알 수 없는 문장들이 나열될 수도 있다. 그러다 어느 순간 깨닫는다. 이제 잠을 청할 시간적 여유도 없이 마감에 쫓기게 되었다는 걸.

할 수 있는 일은 많지 않다. 우선 머리가 혼미할수록 첫 번째와 두 번째 문단을 다시 보자. 그러면 이 글에서 제기하고자 했던 핵심적인 문제의식과 방향성을 환기할 수 있고, 그걸 기준으로 현재 써놓은 마지막 문단을 점검할 수 있다. 그럭저럭 방향성이 맞는 것 같으면 그에 대해 강조하는 조금은 단언적인 문장으로 마무리하자. 이때 세 문단 정도를 짧지만 강한 어조로 마치 셋잇단음표 같은 리듬으로 감정을 고조하며 마치면 왠지 마지막 문장까지 그럴싸한 느낌이 든다. 앞서 멋진 첫 문장은 날카로운 잽 같은 거라 했는데, 마지막 문단의 빠른 리듬은 라운드 막판 오스카 델 라 호야가 펼치는 불꽃 같은 플러리인 셈이다. 막판에 몰아치는 것으로서 라운드의 전반적인 기억을 지우고 마치 해당 라운드를 압도한 것 같은 기억을 심는 것이다. 꼼수지만 안 쓰는 것보단 낫다.

반면 이미 쓰다 만 마지막 문단의 뒤엉킨 문장들이 영 잘못된 경로로 이어지는 것 같으면 그냥 다 지우는 게 낫다. 하나 마나 하지만 무난한 마무리를 짓는 게, 망친 문장들을 살리는 것보단 훨씬 쉽다. 그냥 네 번째 문단에 대해 부연하거나, 조금 말만 바꿔 반복하는 정도로 글을 마무리하면 인상적이진 않아도 글의 일관성을 살리며 형식적으로 마무리를 지을 수 있다. 첫 문단의 자신만만한 선언에 비해 초라한 결말이지만 사실 많은 마감이 이 모양 이 꼴이다.

망한 원고의 폐허에서
스스로를
지키는 법 ¶

↵

∨

　　　　　　　마감 막판, 이런저런 수사로 덧칠을 해보아도 이번 마감은 망했다는 사실을 스스로에겐 감출 수 없다. 잠을 못 자 멍하지만 일종의 각성 상태에 빠져 침대가 아닌 소파에 폐인 같은 몰골로 앉아 있으면 어쨌든 고료를 받는 직업인으로서 괜찮은 결과물을 전달하지 못했다는 양심의 가책, 밤을 꼬박 새고 몸이 너덜너덜해졌는데도 세상에 별 도움도 안 될 3500자 덩어리를 만들어냈다는 허탈함과 자괴감, 그토록 공들여 이따위 것을 쓰느니 그냥 처음부터 대충 써서 보내고 잠이나 자도 큰 차이가 없었을 거라는 억울함 등의 감정이 몰려든다. 우선 술이라도 한잔하고 얼른 잠을 청해야 한다. 물론 낮과 밤이 뒤바뀌고 스트레스까지 몰려드는 상황에서 수면 질도 개판이기 십상이지만 그래도 최대한 잠을 자고 일어나야 한다. 첫째로 그 상황에서 할 수 있는 가장 생산적이고 스스로에게 필요한 일이 잠이기 때문이며, 둘째로 그나마 자고 일어나야 똥글을 수정하거나 보완할 정신머리가 되기 때문이다. 만약 자고 일어났는데 글을 뜯어고치지 않으면서도 어느 정도 글에 활력을 넣어줄 새 아이디어가 떠오르거나, 굉장히 안 풀려서 어영부영 넘어갔던 부분에 대한 해결책이 떠오른다면 정말 감사한 일이다. 그리고 그건 높은 확률로 마감 막바지에 고집을 부리지 않고 잠을 잤으면 해결되었을 일이다. 하지만 피로와 졸림과 별개로 이 똥글이 내가 이 주제로 써낼 수 있는 최대치라는 걸 자고 일어나서도 받아들여야 할 때가 있다. 어떡해야 할까.

가장 쓸데없는 짓은 반성이다. 반성이 나쁘다는 게 아니다. 이미 부정적 감정이 스스로에게 쏟아져 들어올 때 굳이 짐을 하나 더 얹을 필요가 없다는 뜻이다. 원고가 망한 이후 바로 떠오른 그 이유와 그에 대한 반성이라는 건 높은 확률로 옳지만 대단한 성찰은 아닐 것이다. 좀 더 좋은 글감을 미리 찾지 못해서, 글의 방향이 정해지기 전에 좀 더 사전조사를 하지 않아서, 등등등. 맞는 얘기지만 다음에 안 그러면 되는 일일 뿐이다. 반성은 언젠가 해야 하지만, 자괴감에 빠졌을 때의 반성이란 사고의 진전보다는 꼬리에 꼬리를 무는 부정적 감정의 순환을 만들어낼 뿐이다. 무엇보다 이런 식의 패턴은 반성을 습관화한다. 습관화된 반성이란 실제로 자신의 행동들과 그 이유들을 밑바닥에서부터 점검하는 행위라기보다는, 그저 스스로를 부정적 감정으로 벌주며 그 징벌로 내 안의 문제점이 해소되었거나 어느 정도의 죄 사함을 받았다는 자기만족에 더 가깝다. 이런 행위는 결국 스스로에 대해 가차 없이 해부해보는 진짜 반성의 시간을 유예할 뿐이다.

원고가 망한 직후엔 차라리 자기 정당화를 하는 게 낫다. 어떻게 매번 잘 쓸 수 있겠어? (당연히 매번 잘 쓴 적 없다. 하지만) 이번 글에 후크가 없어서 그렇지 무난하게 잘 쓴 것 아닌가? (무난하면 이미 잘 쓴 글이 아니다. 하지만) 그래도 이 주제를 붙잡고 썼다는 것에 의의가 있지 않을까? (없다. 하지만) 그래도 누군가는 이 글을 보고 재밌어 하지 않을까? (비난할 사람의 반응까지 더하면 최종 마진은 마이너스가 되겠지. 하지만) 이보다 더한 똥글을 기명 칼럼으로 싸지르고도 떳떳한 보수 일간지 부장님들도 있는데 나만 이렇게 자책할 필요 없지 않을까? (좋은 필자는커녕 사람부터 되어야 할 이들과 비교하는 건 스스로를 소중히 여기지 않는 행동이다. 하지만) 어차피 나는 대단한 사람이 아닌데 훌륭한 글을 쓰지 못했다고 자책하는 건 자의식 과잉 아닐까? (훌륭한 글을 못 쓴 게 문제가 아니라 똥글을 쓴 게 문제다. 하지만) 이런저런 적당한 핑계를 대고 나의 글이 적어도 세상에 악과 폭력과 기만을 전파하지는 않았다는 사실에 만족하며 비록 좋은 결과물은 내지 못했지만 밤새우며 애썼던 몸뚱이에 건강한 음식이나, 안 건강해도 맛있는 음식을 보상 삼아 주도록 하자.

나는 이것을 자아에 대한 보호라기보다는 내 노동에 대한 존중으로 설명하고 싶다. 노동의 결과물이 마음에 안 들고 실제로 유의미한 수준의 잉여가치를 생산해내지 못했다고 해도, 그래서 원고료 루팡이 된 기분이 든다 해도, 무언가를 만들기 위해 아등바등 애쓴 시간까지 무가치하게 생각할 필요는 없다. 최종 결과물에 대한 평가가 노동을 가치 있게 만들어주는 것이 아니라, 오직 노동만이 가치를 생산할 수 있다. 스스로에게 좋은 결과물이 나오지 않으면 네 노동은 쓸모없다고 그러고도 밥이 목에 넘어가느냐고 호통 치는 관리자 노릇을 할수록 내 안의 노동자는 수모를 겪고 일에 대한 일말의 사랑도 다음에 더 잘하고픈 향상심도 잃어버린다. 타인에게 당한다면 비판할 만한 행동을 굳이 스스로에게 할 이유를 나는 잘 모르겠다.

착하게

살자 ¶

⌄

야구에는 내가 타격해서 인플레이된 볼이 안타가 될 확률을 뜻하는 바빕BABIP, Batting Average on Balls In Play이라는 기록이 있다. 즉 공을 맞추고 못 맞추고는 내 실력이라 해도 그 공이 안타가 되거나 수비수의 글러브에 들어가는 건 어느 정도 운에 좌우되는 면이 있다. 한 시즌 정도 바빕이 평소보다 높으면 그럭저럭 괜찮은 수준의 타자가 타격왕 경쟁까지 하는 일도 벌어진다. 그런데 발표되는 글도 어느 정도는 그런 면이 있다.

누가 봐도 홈런 타구도 아니고 소위 질 좋은 타구도 아니지만 의외로 독자의 호응을 얻으며 안타가 되고, 득점타가 될 수도 있다. 야구팬들은 종종 행운의 안타가 필요할 때마다 바빕신의 가호를 바라며 기도하는데, 이번에 쓴 글이 마음에 안 들 때도 자포자기하거나 자책하지만 말고 바빕신에게 기도해보자. 한국에서 바빕이 다른 선수보다 유의미하게 높기로 유명한 채태인은 높은 바빕의 비결에 대해 "착한 행동을 많이 하고 타격 후 하늘에 기도하라"고 말했다. 평소 눈에 보이는 쓰레기를 잘 줍고 지하철과 버스에서 자리를 양보하고 보도블록에 나온 지렁이를 구해주며 이번 글이 행운의 안타가 되길 기도하자.

4.

남들은 싸움박질이라 부르고
나는 대화라 말한다

논쟁으로서의 글쓰기

영화의 윤리적 가능성은 평론가 한 사람이 단정하는 것이 아니라
관객들이 실현하는 것입니다. 그것은 현재 진행 중이며, 지속적으로
이어질 것입니다. 현혹되지 않겠습니다. 잔혹한 언론이 위근우 님 같은
사람을 만들었다는 윤리적 기만에.
- 배우 유아인, 《경향신문》 '위근우의 리플레이'의 영화 〈조커〉 비평을 보고

내가 얼마나
겸손한
사람인데 ¶

↵

˅

평론가들이 받는 여러 오
해 중 하나는 다양한 해석이 가능한 작품 혹은 현상에 대해
자기 생각을 마치 정답처럼 제시한다는 것이다. 얼마나 재수
없을까. 요즘 말로 '너 뭐 돼?' 싶을 게다. 분명 평론가들의 단
언하는 문장, 작품을 굳이 직관적이지 않은 방식으로 꼬아서
해석하는 삐딱함, 종종 어려운 철학자의 이름을 인용하는 현
학적 태도 같은 것들이 그런 오해를 불러일으켰고, 이 중 일
부, 아니 상당수는 오해가 아닐 수도 있다. 어떤 글들은 다른
입장과 어느 정도 공존 가능한 선을 지키면서 자신의 해석을

주장한다면, 어떤 글들은 다른 입장을 절멸할 대상처럼 몰아세운다. 에두를 것 없이 나 역시 후자에 속하는 글을 많이 써왔다. 그러니 나 같은 필자들이 평론가 집단에 대한 대중의 오해와 편견을 만들었다 해도 틀린 말은 아닐 게다.

실제로 큰 호평을 받았던 영화 〈조커〉에 대해 상당히 비판적인 칼럼을 썼을 당시, 칼럼이 실린 매체 페이스북 계정에 배우 유아인은 "영화의 윤리적 가능성은 평론가 한 사람이 단정하는 것이 아니"라고 비판했다. 그 댓글을 봤을 때 바로 든 생각은 이거다. '응? 내 생각도 그런데?' 덕분에 그의 말에 조금도 타격을 받지 않았으며, 화도 나지 않았다. 나 역시 내 해석이 영화 〈조커〉를 둘러싼 수많은 해석과 평론 중 단 하나의 정답이라고 생각하지 않는다. 나 같은 고만고만한 필자가 아니라 이동진이나 신형철, 김혜리 같은 위대한 평론가도 그런 권위를 행사할 수는 없다. 본질적으로 어떤 글도 그 자체로는 완결될 수 없다. 그저 작품에 대한 논의의 공동체에 하나의 해석—웬만하면 어느 정도 고찰해볼 만한 해석—을 제공하고 그에 대한 피드백에 안절부절못하는 게 고작이다. 고백하자면 나도 원고를 완성해 담당자에게 송고한 뒤부터

지면에 게재될 때까지 항상 쫄려 있다. 표현을 불필요하게 세게 한 건 아닐까. 스리슬쩍 넘어갔던 부분을 들켜서 탈탈 털리면 어떡하지. 내가 전혀 생각하지 못했던 맹점을 짚는 반박이 나오면 모르는 척할까, 쿨한 척 인정할까.

내가 글에서 괜한 센 척을 하느라 내 의도를 벗어나 오해를 불러일으킨 걸까. 내 글의 많은 부분이 독선적이고 신경질적일지라도 그건 아니다. 내가 오해받을 글을 쓴 것도, 그쪽에서 나를 악의적으로 오해한 것도 아니다. '논쟁의 역설'에 대한 입장 차가 있을 뿐이다. 즉 유아인이 오해를 했다면 내 글이나 나를 오해한 게 아니라, 논의에 참여하는 것의 의미에 대해 오해한 것에 가까울 것 같다. 어떤 글이나 해석도 대상에 대한 절대적으로 옳은 답이 될 수 없으며, 단지 바로 그 답을 찾기 위한 논의에 기여하는 게 가능할 뿐이다. 그런데 논의에 기여하기 위해선 그냥 내 생각은 이렇다는 수준을 넘어 내 생각이 이래서 다른 생각보다 더 옳다고 주장할 수 있어야 한다. 이것이 논쟁의 역설이다.

간단한 사고 실험을 해보자. A라는 대상에 대해 A1과 A2라는 두 가지 해석적 입장이 존재한다. 이 중 무엇이 더

옳은지, 답에 더 가까울지는 아직 알 수 없다. 여기서 서로
가 A1을 주장하지만 A2도 옳다, A2를 주장하지만 A1도 옳
다고 화기애애하게 어깨동무를 한다면 어떻게 될까. 해석의
다양성이 보장되는 건강한 논의의 장이 열릴까? 그럴 수 없
다. 나도 옳고 너도 옳다고 말하는 세계관에선 합의가 필요
하지 않으니 나의 옳음을 정당화할 논거를 찾을 필요도 없
다. 혹은 열심히 근거를 확보한들 그렇지 않은 주장과 동일한
수준으로 다뤄질 테니 결국 진리 혹은 진실이 무엇이냐는 소
통 자체가 불가능해진다. 소통이란 서로의 다른 목소리가 논
거의 교환을 통해 특정한 합의에 이를 수 있다는 기대를 전
제로 한다. 그런 기대를 포기한다면 다양성이라는 허울 좋은
말 앞에서 다들 길을 잃고 헤맬 뿐이다.

    물론 논의란 기본적으로 헤매는 행위다. 다만 각각의 목
소리가 유의미하게 충돌하며 길을 그려낼 수 있어야 한다. 논
의에 대한 기여란, 아직 무엇이 정답인지 알 수 없지만 그럼
에도 내 해석이 다른 해석보다 더 우월하거나 진실에 가깝다
고 볼 수 있을 만한 좋은 경험적 근거와 논리를 제시하는 방
식으로써만 가능하다. 나의 옳음을 말한다는 건 상대의 틀림

에 대한 가차 없는 논박을 동반한다. 이러한 근거 제시와 논박을 통해 비로소 논의는 구체화될 수 있다. 이걸 A1과 A2 중 하나만 옳거나, 둘 중 하나만 살아남는 데스매치가 벌어진다는 뜻으로만 받아들이지 않았으면 좋겠다. 박 터지게 다투는 논의 과정을 통해 A1과 A2 각각 인식하지 못했던 스스로의 오류나 잘못된 가정은 암묵적으로 철회되어 더 나은 버전의 해석이 될 수도 있고, 무엇보다 둘 모두의 허점이 가시화되며 새롭고 더 적절한 해석 A3가 등장할 배경이 마련될 수 있다. 진정한 의미의 다양성 확보란 이런 것 아닐까.

어떤 글이든 세상에 나온 순간 독자를 비롯한 해석과 논의의 공동체에 연결될 수밖에 없다. 평론가든 누구든, 진지하게 논의 안에 발을 담그려는 사람은 내가 틀릴 수 있다는 걸 잘 알기 때문에 더더욱 내가 옳고 상대가 틀렸다고 생각하는 근거들을 남김없이 숨김없이 가장 첨예한 수준으로 구성해 제시해야 한다. 상대의 논리를 굴복시키기 위해 최선을 다해야 한다. 그래야 두루뭉술한 언어 뒤에 숨을 수 없다. 그래야 내가 구성한 논리적 경로의 오류가 드러나고 그곳에서 더 나은 논의의 발판이 마련된다. 이것이 내가 생각하는 겸손함이다. 누군가의 눈엔 자기 혼자 답을 단정하는 독선처럼 보일지라도. 반면 우리 모두 다 적당히 옳으니 서로의 틀림을 지적하지 말자는 입장은 얼핏 관용적인 것 같지만 모든 것을 상대화한다는 점에서, 절대적이고 초월적인, 말하자면 신이 고만고만한 인간들을 내려다볼 때나 가능한 관점이며, 나는 이것이야말로 더없이 오만한 태도라고 생각한다. 이걸 거꾸로 생각하는 사람들이 너무 많다.

진정성 있는 개소리와

진정성이라는

개소리 ¶

⤸

 ⌄

　　　　　상대에 대한 비판을 삼가
고 서로의 옳음을 인정하자는 것이 진정으로 소통적인 태도
라는 오해만큼, 혹은 그 이상으로 우리 사회의 공적 논의를
망치고 있는 개념은 진정성이다. 진정성이란 스스로에게 진
실된 태도다. 사랑한다고 말할 때 그 마음이 진심인 것, 친구
의 행복을 축복할 때 그 마음에 거짓이 없는 것. 이것은 많
은 경우 미덕이다. 특히 상대방이 진심을 다해 자신을 대한다
고 느낄 때 사람은 쉽게 마음을 연다. 수많은 명문 구단의 러
브콜을 받던 축구선수 김민재가 자신이 원하던 영국 프리미

어리그가 아닌 독일 분데스리가의 바이에른 뮌헨(물론 웬만한 프리미어리그 강팀을 능가하는 명가지만)을 선택하게 된 계기 역시 구단과 투헬 감독의 진정성 있는 접근 때문이라는건 잘 알려진 사실이다. 그러니 글 역시 진정성을 통해 독자의 마음을 얻을 수 있다. 영화 〈더 웨일〉에서 온라인으로 작문 강의를 진행하는 주인공 찰리(브랜든 프레이저)는 학생들에게 "Be honest", 즉 솔직함을 강조한다. 자신의 감정을 숨기지 않고 그대로 드러내는 것이 글의 가장 중요한 미덕인 것처럼. 찰리에겐 미안하지만 동의하기 어렵다.

진정성이 중요하지 않다는 뜻이 아니다. 문제는 진정성이라는 가치가 타당성의 다른 영역을 압도하는 경향이다. 나의 '최애' 철학자인 위르겐 하버마스는 타당성 주장을 세 가지 영역으로 구분해 설명한다. 첫째, 객관적 사실 영역에 대한 진실성 주장. 어떤 남성 정치인이 여성 보좌관의 허리를 껴안았는가 껴안지 않았는가, 같은 소위 팩트가 이 영역에 속한다. 둘째, 상호주관적으로 공유하는 규범에 대한 올바름 주장. 남성 정치인이 여성 보좌관의 허리를 상대 동의 없이 껴안은 것이 도덕적으로 허용 가능한가 가능하지 않는가, 라는 도덕적 질문이 여기에 속한다. 개인적으로 비평을 포함한 다수의 글쓰기에선 이 영역이 가장 중요하다고 생각한다. 셋째, 자신만이 접근 가능한 주관적·체험에 대한 진실성 주장. 남성 정치인이 여성 보좌관의 허리를 껴안을 때 그것을 스스로 성추행으로 인식하면서도 했느냐 악의 없이 허용 가능한 애정 표현으로 여기며 했느냐는, 즉 진정성의 영역이 여기 속한다. 이렇게 구분하면 진정성에 대한 요청이 때로 얼마나 무의미할 수 있는지 잘 드러난다. 정치인의 성추행 사건이 발생했을 때, 그 일이 진짜로 일어난 것인지, 그리고 그에 대한 우리의 도덕적 판단은 어때야 하는지가 중요한 일이지, 가해자의 감정에 솔직함이 있고 없고가 무슨 의미가 있는가. 하지만 고개를 조금만 돌리면 누군가 실천적 해악을 끼쳤는가 끼치지 않았는가보다 그가 위선자인지 아닌지, 즉 그가 성범죄일 수 있음을 알고 했는지 모르고 했는지에 더 관심을 갖는 대중과 언론을 확인할 수 있다.

　한국에서도 상당히 화제가 된 프랭크퍼트의 책 《개소리에 대하여》(이윤 옮김) 역시 진정성의 문제에 대해 다룬 바 있다. 철학자인 그는 이 시대가 합리적 이성 대신 "진정성이라는 대안적 이념"을 선택했다고 분석한 바 있다. 다시 말해 서로의 옳음을 인정하자는 상대주의적 태도와 진정성이라는 가치의 대두는 서로 착종되어 있는 셈이다. 너무나 많은 미디어와 자기계발의 언어뿐 아니라 글쓰기에 대한 조언에서도 진정성을 강조하는 경우를 자주 본다. 다시 말하지만 독자의 마음을 움직이기 위해 진정성을 드러내야 한다는 것에 대해선 부정하지 않겠다. 다만 진정성이 중요하게 다뤄지는 것의 두 배 세 배 이상, 객관적 진실과 도덕적 옳음에 대한 요청이 있어야 한다. 세상에 도덕적으로 옳은 개소리는 없지만, 진정성 있는 개소리는 얼마든지 가능하다. 그리고 사실, 그 소음이 공적 논의를 뒤덮는 중이다.

공론장이
글쓰기에
선행한다 ¶

↵

∨

Why so serious? 난 그
저 스스로를 표현하기 위해 글을 쓸 뿐인데, 공적 논의에 대
한 책임감을 요청하는 게 너무 과한 것처럼 느껴질지도 모르
겠다. 소위 '진지 빠는' 엄숙주의처럼 느껴질 수도 있겠다. 하
지만 어떤 글이든 세상에 나온 순간 독립적으로 존재할 수
없고 어떤 방식으로든 공적 논의 안에 편입된다는 것은 현
재 언론, 대중매체, 소셜네트워크서비스 등의 경험만 고려해
도 부정할 수 없는 사실이다. 트위터(나는 여전히 일론 머스크
의 X를 인정할 수 없다)를 보라. 팔로워가 0인 어느 유령 계정

이 헛소리를 해도 어느새 인용 리트윗이 천 단위를 기록하고 모두들 자기 논평을 곁들이며 조리돌림을 한다. 그저 내 의견일 뿐 상관 말라는 말은 통하지 않는다. 물론 어떤 경험적 사실이 존재한다는 이유로 그것이 옳다는 뜻이 될 수는 없다. 그건 전형적인 자연주의적 오류다. 하지만 이런 경험적 사실을 차치하고 좀 더 근원적으로 따져봐도, 글쓰기엔 본질적으로 논의라는 과정이 전제되어 있다.

　　과거 MBC 예능 프로그램인 〈일요일 일요일 밤에〉에는 '이휘재의 인생극장'이라는 인기 코너가 있었다. 나름 중요한 선택의 갈림길에 선 이휘재가 "그래, 결심했어"란 대사와 함께 이분할된 화면에서 서로 다른 이유를 대며 서로 다른 선택을 하면, 그것이 각각 어떤 결과로 이어지는지 보여주는 드라마타이즈 형식의 코미디다. (가령 내 월급을 제대로 주지 않는 악덕 사장이 강도를 당했을 때 '어차피 저 돈을 바른 곳에 쓰지도 않을 테니 도와줄 필요 없어' 혹은 '아무리 그래도 강도는 불법이니까 막아야 해'라는 두 가지 생각 중 하나씩을 골라 행동하는 식이다.) 이게 흥미로운 건, 그것이 매우 독백적인 상황에서도 다른 선택을 고민하는 자신을 설득하는 근거를 스스로에게 제시하기 때문이다. 나는 이것이 우리의 사고 안에 이미 구조화되어 있는 이인칭 대화 모델을 굉장히 잘 보여준다고 생각한다.

글쓰기, 혹은 사고에 대한 오래된 오해 중 하나는 내 생각이 세상과 독립적인 투명한 독백으로서 존재한다는 믿음이다. 마치 생각의 진공 상태라는 것이 실재하고 그 안에서 나의 일인칭으로서의 목소리만이 울려 퍼지는 그런 모델. 하지만 우리의 언어화된 사고는 일인칭으로서의 나뿐 아니라 이인칭으로서의 상대방까지 이미 전제한 대화 형식으로 이루어져 있다. '이휘재의 인생극장'에서 이휘재가 여러 행동을 고려하고 그중 하나를 선택해 외치는 것처럼, 그 하나의 독백은 '너'로서의 나와의 논쟁적 경합을 거쳐 나오는 것이다. 글쓰기도 마찬가지다. 자신의 관점을 일관되게 확언하는 독백적인 글에서도 이미 필자로서의 내가 다른 생각을 지닌 독자로서의 나를 설득하거나 안심시키는 과정이 암시적으로 포함되어 있다.

사유라는 것이 단순 독백이 아닌 이인칭적인 대화로 구성되듯, 사유를 담아낸 글 역시 더 나은 논거의 힘에 의해 합의에 이르는 공론장의 자리를 전제하고 만들어진 것이다. 마음속의 대화를 거쳐 그중 더 나은 근거를 가졌다고 생각하는 방향의 글을 쓴다는 건, 더 좋은 근거를 지닌 주장의 손을 들어줄 세계에 대한 기대감을 가정한다. 또한 그래야만 비로소 최소한의 생명력을 지닌 글로 등장할 수 있다. 생명력이란 글의 힘에 대한 은유이기도 하지만 문자 그대로의 의미이기도 하다. 논쟁의 장을 염두에 두지 않고 '나는 나다. 그건 나이기 때문이다'라는 논리로 글을 쓴다면 그 글은 독자와도 결국 대화할 수 없다. 사유의 경쟁적인 부딪침이 '너'의 자리를 만들어준다는 역설. 내가 타인을 설득할 수 있다면, 그와 나 사이에 공통분모가 많아서가 아니라 내가 내 안의 타인을 설득하는 과정으로서의 글을 쓰기 때문이다.

더 논쟁적인 글과 덜 논쟁적인 글이 있을지언정, 어떤 글도 논쟁으로부터 벗어나 자신만의 고요하고 완결된 세계 안에 머무를 수 없다. 현 시대가 정치적 갈등을 부추겨서만도 아니고, 한 줌의 정치적 그름을 찾아내는 데 혈안인 프로불편러들이 쌍심지를 켜고 있어서만도 아니다. 애초에 공론장이 글쓰기에 선행한다. 글쓰기란 그 공론장 안에 나의 사유를 기입하는 행위다. 원하든 원하지 않든 피로한 일이다. 하지만 억울해할 수는 없다. 논쟁을 벗어난 글쓰기란 동그란 세모 같은 것이므로.

논쟁을 전제한

글쓰기

시뮬레이션 ¶

⏎

˅

논쟁 바깥의 글쓰기가 가능하지 않다는 걸 전제한들, 논쟁을 염두에 두며 글을 쓴다는 건 역시 피로한 일이다. 완성된 글에 따라오는 그다지 우호적이지 않은 반박을 기꺼이 받아들여야 한다는 점에서도 그러하지만, 쓰는 과정에서도 상당한 귀찮음을 감내해야 한다. 내적 논쟁 과정 없이 내 주장이 옳다는 걸 뒷받침할 근거만 모아 쓰더라도 그것이 어느 정도 합당한 근거들이라면 논의에 약간은 기여할 수 있을 것이다. 다만 부족하다. 누구에게나 이유는 있다. 그렇기에 가상의 논적, 그것도 만만하지 않은 논적을 상상하며 그에 대한 대결을 펼치는 기분으로 써야 한다. 내 관점과 분석이 그 가상의 상대보다 더 우월하다고 봐도 좋은 이유들을 입증해야 한다. 최종적으로는 내가 이 싸움에서 패배할 수 있다는 걸 감안하더라도, 아니 그렇기에 더더욱 최선을 다해 싸워내야 한다.

2021년 일부 남초 커뮤니티 유저들이 네이버웹툰에 연재 중인 〈바른 연애 길잡이〉, 〈성경의 역사〉, 〈이두나!〉 등을 남성 혐오 웹툰으로 규정한 뒤 악플을 달고 별점 테러를 하는 일이 벌어졌던 적이 있다. 이것을 특정 작품에 대한 폭력적인 억압으로, 소비자 갑질로, 여성 창작자의 작품 혹은 여성주의적 관점의 작품에 대한 여성혐오로 비판하기란 그리 어렵지 않다. 문제는 그들에게도 자신들에게 가해질 비판에 대비한 나름의 반박 논리가 있었단 거다. 〈바른 연애 길잡이〉에서 특정 인물의 손가락 모양이 메갈리아를 상징한다는 식의 허접한 음모론, 아니 생떼를 말하려는 게 아니다. 그들 논리의 핵심은 여성주의자들이 먼저 기안84의 〈복학왕〉 특정 장면을 여성혐오로 몰아 작품과 작가에게 린치를 가했기에, 자신들 역시 그에 대한 보복으로서 별점 공격을 한다는 것이었다. 실제로 해당 이슈를 다룬 《중앙일보》 기사에선 저술가 임명묵의 코멘트를 인용해 "일종의 '미러링'(보복적 모방행위) 현상으로도 볼 수 있다. '이제 너희도 한 번 겪어봐라'는 심리"라고 분석하기도 했다. 여기서부턴 글쓰기가 복잡해진다.

논쟁을 고려하며 쓴다는 건 일종의 시뮬레이션에 가깝다. 가령 두 가지 경로를 탐색해볼 수 있다. 미러링이고 나발이고 둘 다(〈복학왕〉에 대한 공격과 〈성경의 역사〉 등에 대한 공격) 표현의 자유를 억압하는 폭력이라 싸잡아 비판할 것인가, 두 사안이 동등하게 다뤄질 문제가 아니라는 것을 입증할 것인가. 전자로 가면 상당히 쉬워진다. 하지만 나는 그럴 수 없었는데 첫째로 거기에 동의하지 않아서고, 둘째로 나를 포함해 〈성경의 역사〉 등에 가해진 공격이 부당하다고 여긴 이들 중 상당수는 〈복학왕〉의 여성혐오 논란에서는 작가에 비판적인 입장이었기 때문이다. 이제 와서 표현의 자유를 들먹인다면 소위 '내로남불'의 자가당착에 빠지게 될 터였다. 여기서 가능한 경로는 또 둘로 나뉜다. 〈복학왕〉 사태와 〈바른 연애 길잡이〉 사태가 다르다면 그 근거를 작품의 차이에서만 찾을 것인가, 작품 바깥 세계의 성차별 맥락까지 담아낼 것인

가. 전자도 가능하지만 이 작품은 그런 작품이 아니라는 해명은 어딘가 수세적인 측면이 있는 반면, 후자의 경우 사건에 깔린 백래시의 의도까지 백일하에 드러내기에 더 좋은 방법이다. 이러한 몇 번의 분기점이 반복되며 글의 쟁점과 상대를 이기기 위한 전략이 구체화된다. 남성 독자들이 느끼는 불쾌감과 여성 독자들이 느끼는 불쾌감은 어떻게 구분될 것인가. 그것은 주관적 감정의 영역인가, 정의와 부정의의 문제인가. 정의의 문제라면 존 롤스와 낸시 프레이저, 마사 누스바움 중 누구의 이론이 더 도움이 될 것인가, 등등.

어떻게든 상대를 이겨먹는 데만 안달인 싸움광의 글쓰기 방식으로 생각하지 않았으면 좋겠다. 오히려 논쟁에서 제대로 이기려면 정직해야 하며 상대에게 최선을 다해야 한다. 최선을 다하지 않으면 논쟁 자체가 성립하지 않기 때문이다. 가령 상대의 논리 중 가장 허접한 부분만을 취사선택해 허약한 허수아비를 만든 뒤 공격한다 한들 논쟁에서 승리할 수 있을까. 서로가 서로에 대한 허수아비를 만들어 펼치는 가상의 싸움은 실제로는 서로에게 작은 생채기 하나 내지 않는다. 진짜 전투는 없이 그저 우리가 이겼다는 호들갑스러운 승전보만 울릴 뿐. 이러한 적대적 공생이 잠시 독자를 속일지라도, 오래갈 수는 없다.

제대로 된 싸움을 하려는 쪽일수록 더 많은 귀찮음을 감내해야 한다. 한국 사회에 여성에 대한 차별이 없다고 믿는 상대에게 〈바른 연애 길잡이〉 사태와 〈복학왕〉 사태의 차이를 어떻게 설명할 것인가. 나는 나, 너는 너, 그냥 자신에게 유리한 세계에서 각자 새도복싱을 하면 될까. 제대로 된 논의가 가능하려면 둘이 다툴 전장으로서의 객관적인 세계를 글에서 공유할 수 있어야 한다. 〈복학왕〉에서 여성 캐릭터가 능력이 부족함에도 귀여움과 섹스어필로 상사의 마음에 들어 정규직이 되었다는 에피소드의 여성혐오 여부를 논의하기 위해선, 여성들이 남자 상사의 위력에 의해 겪는 성희롱과 폭력, 여성 취업 지원자나 직원에 대한 인사 차별 등이 존재하는 세계가 실제로 존재한다는 것부터 성실히 입증해야 한다. 규범적 세계도 마찬가지다. '페미니즘은 정신병'이라는 신념 체계를 갖춘 이와 논쟁하기 위해선 페미니즘이 상식인 세계를 전장으로 삼을 수 없다. 상대도 인정하거나 암묵적으로 전제할 수밖에 없는 평등과 인권, 자유 등 보편적 가치들을 도덕적 논쟁의 전장으로 삼아 그런 기본 가치들이 어떻게 페미니즘을 정당화하는지, 안티 페미니즘은 어떻게 그런 가치에 반하는지 연역해내는 노력이 필요하다. 상대를 이기기 위한 노력과 정직한 논쟁을 하려는 노력은 둘이 아니다.

2020년대의 대중문화 비평이
더더욱 논쟁적인 접근을
해야 하는 이유 ¶

⌐

∨

비타협적일 정도로 논쟁적으로 접근하는 글이 오히려 유의미한 대화의 접점을 만들어낼 수 있다는 내 주장이 여전히 직관적으로는 쉽게 받아들여지지 않을지도 모르겠다. 재밌게도, 우리가 살고 있는 2020년대의 대중문화 공론장 지형은 어째서 논쟁을 시도해야'만' 공통의 이해를 도모할 수 있는지 경험적으로 증명해준다.

현재 대중문화에 대한 논의가 과거 대비 훨씬 난감해진 이유는 이제 더는 공통의 문화라는 것을 일상의 범주에서 감각하기 어렵기 때문이다. 과거엔 MBC 〈무한도전〉을 안 보는 사람들도 이번 방송에서 어떤 도전을 하는지, 어떤 해외 스타가 함께 하는지 거의 다 알고 있었다. 그런 시대는 끝났다. 더는 시청률 30퍼센트 예능이 나올 수 없는 시청 환경이기도 하지만, 무엇보다도 이제는 각각의 문화 소비가 비교할 수 없을 정도로 파편화되었다. 한국 웹툰 시장에서 가장 큰 지분을 차지하는 네이버웹툰 중 거의 모든 요일 최상위권을 차지하는 박태준과 박태준만화회사의 영향력이란 정말 엄청나다. 하지만 대중적으로 인지도가 더 높은 웹툰 작가는 박태준보다는 기안84나 이말년, 주호민, 김풍일 것이다. 누군가에게는 KBS 〈개그콘서트〉의 종영 이후 한국 코미디의 계보와 황금기는 끝난 것처럼 보이지만, 또 다른 누군가에게는 유튜브 '피식대학' 채널의 멤버들이 그 어느 때보다 코미디의 전성기를 이끄는 중이다. 주목경제 시대의 마이크로 인플루언서 시장이 열리면서 누군가에겐 최고의 '존잘'인 인물이나 콘텐츠가 다른 누군가에겐 '그게 뭔데 씹덕아'가 되는 시대가 만들어진 셈이다.

당연히 이런 상황에선 문화에 대한 공론장 역시 파편화

된다. 즉 호의적으로 소비하는 이들 위주로만 콘텐츠에 대한 대화가 형성되고, 각각의 공론장은 서로 교류하지 않는다. 비평의 역할은 여기에 일종의 교량을 세우는 것이다. 지난 2023년 5월 즈음, 나는 인기 유튜브 크리에이터 진용진의 〈없는 영화〉시리즈 중 '외면'이라는 작품에 대한 비판적인 칼럼을 썼다. 그것은 현재 30대 여성들의 비혼 비출산 결심이 어떻게 그들의 삶까지 불행하게 만들 것인지 상상해보는 가상 역사물이었는데, 현재 여성들이 왜 비혼을 결심하는지에 대한 현실 인식은 얄팍하고 가상 역사물로서의 스토리는 오직 비혼 여성을 벌주는 결론을 향해 편의적으로 구성되었다. 그럼에도 작품은 글을 쓰는 당시에 60만 정도의 조회수를 기록했고 댓글 대부분은 진용진의 통찰력에 대한 찬사로 가득했다. 그의 세계관에 동의하지 않을 만한 사람들은 아예 그에게 관심도 없고 심지어 존재조차 모르는 경우가 많았으니까. 즉 외부적인 관점이 도입되지 않는 대화 자체가 없는 공론장(?)이었던 셈이다.

그저 팬들끼리 즐기고 소비하는 작은 컬트 공동체를 굳이 다른 관점으로 비판하고 다른 이들의 관점에 노출시켜야

하느냐고 질문할 수도 있겠다. 나는 어느 소규모 인디 프로
레슬링 단체의 팬들이 특정 선수의 기믹을 과도하게 찬양하
는 것에 대해 이야기하려는 게 아니다. 진용진은 유재석도 아
니고 봉준호도 아니고 모르는 사람은 아예 모르는 창작자지
만 또한 200만 명이 넘는 구독자를 거느리고, 지상파 콘텐
츠인 〈피의 게임〉 제작에까지 참여하며, 언젠가부터 유명인
들의 퍼스널 브랜딩의 기회가 된 tvN 〈유 퀴즈 온 더 블럭〉에
출연했던 인플루언서다. 그의 작품에 대한 팬들의 반응은 찻
잔 속의 태풍이라기엔 너무 크며, 무엇보다 해당 작품이 다루
는 젊은 여성들의 비혼과 인구 절벽이라는 의제는 다양한 참
여자들이 진지하게 논의해야 할 것이었다. 여기서 비평은 자
기들끼리 소비하고 만족하는 완결된 세계를 그 바깥의 세계
로 끌고 나와 공통의 문제로 인식시킨다. '자, 여러분, 여러분
이 몰랐지만 이런 세계가 있고 이게 결코 작지도 않으며 이것
을 여러분의 세계와 분리된 것으로만 보기엔 여러분도 자유
로울 수 없는 공통의 맥락이 있답니다.'

　　언젠가부터 공론화라는 말이 공개 처형 같은 개념으로
사용되고 있지만, 진정한 공론화란 특정한 대상에 대해 각기

다른 관점을 가진 이들이 제대로 대화해볼 수 있는 지평을 마련하는 것이다. 그저 보던 사람만 보던 진용진의 작품을 비평적으로 공론화하기 위해선 한 창작자의 상상력이란 게 실은 어떤 사회적 담론과 연결되어 있는지 넓은 시야로 구체화할 수 있어야 한다. 해당 작품의 여성 묘사, 특히 스스로의 정체성을 페미니스트로 규정한 액티비스트 여성들에 대한 묘사는 그들을 사회적 무임승차자로 규정하고 미워하는 젊은 남성들의 왜곡된 세계 인식과 연결되어 있고, 실은 그러한 근거 없는 여성혐오야말로 여성들이 결혼과 연애를 하지 않는 이유에 가깝지 않을까. 이러한 질문을 통해 특정 콘텐츠에 대한 소비 공동체의 자기만족적이고 완고한 정치적 입장은 비로소 다른 관점과 목소리를 만날 수 있다. 이것이 대화다. 너무나 많은 것이 파편화된 시대에, 제대로 된 논쟁을 조직하려는 이들만이 대화를 위한 공통의 지평을 만들어낸다.

부드러운 설득이
더 유용하지 않느냐는
질문에 대하여 ¶

⌄

내가 막연하게나마 직업적 글쓰기에 대한 동경을 가지던 2000년대 초반 인터넷 진보 진영에선 '안티《조선일보》운동'을 가장 큰 줄기로 삼은 소위 '전투적 글쓰기'가 유행하고 있었다. 두 번째 칼럼집인 《다른 게 아니라 틀린 겁니다》 발간 당시 모 매체와의 인터뷰에서도 고백했듯 당대의 정치적 논쟁을 주도하던 진중권, 강준만 등의 파이팅 넘치는 글은 아직 젊고 쉽게 감화받던 이십대 초반의 내게 정서적으로 많은 영향을 미쳤다. 문재인 정권 집권 이후, 진보의 위선이라는 의제에 너무 빠져들어 거의 주화입마에 빠진 그 둘을 보고 있으면 마음이 착잡하지만, 호남 차별이나 여성 차별, 레드 콤플렉스 등의 전선에서 구체적 사안에서의 구체적 대상에 대해 구체적 비판을 가하던 그들의 글은 내게 글쓰기의 전범典範과도 같았고, 지금의 내 글쓰기에도 그 흔적을 남겨놓고 있다. 문제는 내 글이 전성기 그들의 장점을 재현하는지는 알 수 없지만, 그들 글의 단점은 확실히 재현하고 있다는 것이다. 내가 옳고 네가 틀렸다고 주장하는 글은, 설령 그것이 백 퍼센트 옳은 경우에도 읽는 사람들을 피로하게 만든다. 틀렸다고 지적당하는 입장에선 더더욱 불쾌할 수밖에 없다. 아무리 맞는 말을 한들, 독자를 감화시킬 수 없다면 그건 실패한 글일 것이다. 강준만이 한때 '싸가지 없는 진보'에 대한 자성을 요구했던 건 나름 근거가 있는 셈이다.

글쓰기에 대해 매우 유용한 교본으로 꼽히는 《뉴욕타임스 편집장의 글을 잘 쓰는 법》(신솔잎 옮김)의 서문에 실린 '설득하는 글쓰기를 위한 15가지 원칙' 중엔 사람들은 자신의 신념을 고수한다, 청중을 존중하고 공감하는 법을 깨우쳐라, 싸움을 걸어선 안 된다, 감정을 건드려라 같은 항목이 있다. 만에 하나 내가 《뉴욕타임스》에 칼럼을 쓸 영광을 얻게 된다면, 저자인 트리시 홀이 어떻게 빨간 줄을 죽죽 그으며 첨삭 및 수정 요청을 할지 눈에 그려질 정도다. 권위에 순응하는 게 아니라, 나는 정말로 그가 제시한 원칙에 동의하며, 저 원칙들을 지키고자 노력한다면 누구든 훨씬 쉽게 독자의 마음을 얻을 수 있으리라 생각한다. 사람의 의견은 쉽게 바뀌지 않으며 그들에게 싸움을 걸기보다는 인간적인 감정을 건드리거나 세련되게 호소해 마음을 움직이는 것이 더 효과적이다. 싸움을 거는 글쓰기는 오히려 독자의 마음을 닫아버릴 확률이 높다. 물론 눈치챘겠지만, 내가 이렇게 이야기하며 한 발 물러선 건 결국 그럼에도 왜 싸움을 걸거나 피하지 않는 글쓰기를 하는지 설명하기 위한 추진력을 얻기 위함이다.

저 원칙들은 어떤 의미로든 전투적인 글쓰기, 논쟁적인 글쓰기의 스타일과는 거리가 멀지만, 그럼에도 기저에 함께 공유하고 있는 요소가 있다. 싸우는 대신 감정을 건드려 누군가의 마음을 얻고 의견을 바꾸려 한다는 것엔 이미 저 사람의 의견보다는 내 의견으로의 선회가 더 옳다는 입장이, 상대가 틀렸다는 입장이 깔려 있다는 것이다. 상대가 나만큼 옳다면 굳이 공감을 유도하면서까지 설득할 필요가 없지 않나. 내가 더 옳다는 정당한 근거와 믿음 없이 상대를 설득하는 글쓰기라는 건 영혼 없는 기교의 영역일 뿐이다. 상대에 대한 이해심을 드러내며 내 의견으로 끌어들이는 설득이든, 상대가 틀린 이유를 조목조목 짚어내 무릎 꿇리는 설복이든 나의 옳음에 대한 정당화 논리와 근거를 필요로 한다. 조금 더 정확히 말해 설득의 밑바탕에 설복의 메커니즘이 이미 존재하고 있다고 해도 될 것이다. 감히 《뉴욕타임스》 편집장의 원칙을 반박하는 게 아니라, 그가 제언하는 따뜻하고 유연한 상호 이해의 원칙에도 옳고 그름에 대한 완고한 원칙이 숨어 있다는 걸 말하고 싶다.

물론 설득의 테크닉에도 이미 상대방에 대한 논리적 설복의 과정이 전제되어 있다는 것이, 굳이 호전적으로 논쟁을 걸어야 한다는 뜻이 될 수는 없다. 문제는 한국의 공론장에서 매우 자주 범주 오류가 일어난다는 거다. 상대의 입장을 이해하자는 것과 상대도 옳다는 것에 대한 범주 혼동. 가령 좌파라는 단어만 나오면 그게 어떤 내용이든 빨갱이가 나라 무너뜨린다고 분노하는 한국전쟁 경험 세대가 있다고 생각해보자. 그가 전쟁에서 북한군의 남침 때문에 큰 고통을 겪은 사람이라면 북한, 좌익, 공산주의나 사회주의 같은 단어에 즉각적으로 부정적 반응을 보이는 것에 대해 얼마든지 이해할 수 있고 연민할 수 있을 것이다. 하지만 그것이 민주노총 같은 빨갱이 단체들이 나라 망치고 민주당이 나라를 김정은에게 팔아먹는다는 주장에 정당성을 부여해주는 것은 아니다. 현재의 20대 남성들이 여성 정책을 보며 느끼는 역차별 감정의 기저에 해당 세대가 겪고 있는 고용 불안정성과 계급 사다리의 붕괴에 의한 박탈감이 깔려 있다는 걸 이해할 수는 있지만, 그게 그들의 반여성주의 행보가 옳다는 뜻이 될 수는 없다. 그럼에도 나도 옳고 너도 옳다는 것이 마치 더 겸허하고 개방적인 소통의 태도인 것처럼 착각하거나, 그렇다고 의도적으로 왜곡해버리는 세계에선 이 두 범주가 혼용되고 틀린 걸 틀렸다고 말하는 것이 폭력적이거나 편협한 것이 된다. 특히 여성혐오, 빨갱이 혐오, 노동자 혐오, 호남 혐오 등에 기대어 사회적 분노와 불만을 혐오의 대상에 흘려보내는 수구 기득권의 통치술 안에서 사회적 약자를 위한 언어는 수세적일 것을 요구받는다. 틀린 것은 정작 저들임에도.

남들은 싸움박질이라 부르고
나는 대화라 말한다

정치철학자인 앨런 라이언은 위르겐 하버마스에 대한 호의적인 에세이에서, 그가 철학적으로는 상대방의 성실성을 가정한 열린 토론을 옹호하지만 정작 투쟁적인 논객으로서는 보수적인 반대자들을 비합리주의의 습지에서 나온 괴물처럼 대한다고 표현한 바 있다. 나는 그것이 아주 모순적인 태도라고는 생각하지 않는데, 매우 많은 경우 수구적인 기득권은 열린 토론의 이념을 이용해 토론 자체를 훼손하는 꼼수를 쓰기 때문이다. 트럼프 집권 이후 소위 탈진실 시대에 대한 비판적 성찰을 담은 미치코 가쿠타니의《진실 따위는 중요하지 않다》(김영선 옮김)에선 단일한 진실을 부정하는 포스트모더니즘이 세상의 다양한 목소리를 촉진시킨 성과가 있지만 "동등하게 취급할 수 없는 것을 동등하게 취급하고 싶어 하는 사람들도 이 주장을 이용했다"고 씁쓸히 술회한다. 창조론자들이 학교에서 진화론과 함께 지적설계론을 가르치라고 주장하거나, 마치 두 이론이 동등한 위치에 있는 것처럼 둘 사이의 논쟁을 가르치라고 주장했다는 것이다. 이것은 신앙의 자유, 사상의 자유 문제가 아니다. 보수주의 기득권이 공적 논의의 기반을 훼손한 것에 가깝다.

이 지점에서 싸움을 거는 글, 전선을 명확히 긋고 피아를 나누는 글은 비록 《뉴욕타임스》에 실릴 만한 우아함과 효용성을 갖추진 못하더라도 나름의 역할을 해낼 수 있다. 틀린 주제에 그토록 떳떳한 대상들을 향해 너희가 틀렸다고 또박또박 말해주는 것, 너희에게 상냥한 설득을 할 의무가 우리에겐 있지 않으며 너희에겐 그걸 요구할 권리도 없다고 말해주는 것, 내가 싸움을 거는 게 아니라 너희가 일방적으로 때리고 우리가 침묵하던 걸 평화로 포장했던 것에 대해 이제 동등한 싸움을 하자고 선전포고하는 것이다. 이런 글이 상대방의 마음을 움직이고 변화시키기란 난망하다. 대신 이것이 상호 이해의 문제가 아닌 옳고 그름에 대한 전선을 긋는 문제라는 걸 인식시킬 수는 있다. 중요한 건 설득이 아니라, 상대가 믿고 있던 세계에 균열을 내는 것이다. 네가 목청이 컸던 건 네 말이 옳아서가 아니라 그럴 수 있었던 권력 때문이며, 이제 우리도 목청을 키울 수 있다고.

혼나는 기분을 느낀다는
선량한 독자들을
위한 변명 ¶

↵

﹀

개인적으로 《아이즈》 재직 시절 썼던 글을 모아 냈던 《프로불편러 일기》와 약 2년 후 프리랜서로서 썼던 글을 모아 냈던 《다른 게 아니라 틀린 겁니다》를 비교해보면 여성주의나 공론장의 역할, 소통 합리성 등에 대한 정치적 관점은 거의 동일하게 유지되고 있지만, 글 자체는 전작이었던 《프로불편러 일기》 시절이 상대적으로 덜 공격적이고 더 설득력 있는 편이었다고 생각한다. 그에 반해 《다른 게 아니라 틀린 겁니다》의 날 선 태도는 선명하되 독단적이고 거친 면이 있다. 동료들과의 기획회의나 데스

크의 피드백 등 좀 더 다양한 의견을 받아들이며 생각을 확장하고 글을 다듬을 수 있던 직장에서 벗어나 홀로 글을 쓰며 생긴 한계이기도 하겠지만, 무엇보다 당시 강하게 불어닥치던 백래시의 물결 등을 보며 내가 기대했던 것보다 이곳의 옳고 그름에 대한 사회적 합의 기준이 명확하지 않고 심지어 퇴보하고 있다는 위기감이 컸던 탓이 더 크다. 틀린 게 아니라 다른 거라는 말은 다수가 만든 정상성에서 벗어난 이들을 포용하기 위한 관용의 언어였지만, 언젠가부터 도덕적으로든 과학적으로든 이미 틀린 게 입증된 주장들을 변호하고 유지하고 논의를 오염시키기 위해 사용되었다. 세상에 온전히 옳은 것은 없을지라도 재고의 여지없이 틀린 것들은 존재한다.

그러니 내 글이 독자 일부를 불편하거나 화나게 한다는 것에 대해 별로 고민하거나 미안해하지 않았다. 오히려 불편함이라도 느끼고 세상이 자신들의 믿음대로 돌아가지 않는다는 최소한의 좌절감을 경험하게 하는 게 먼저라고 생각했다. 하지만 내가 간과했던 건, 의도적으로 공적 논의를 훼손하는 차별주의자나 기득권의 이데올로그가 아닌 적당히 선량하고 적당히 통념에 익숙한 이들도 내 글을 불편해한다는 거였다. 의도했던 건 아니지만, 그들에게 내 글은 이런 식인 거다. 자, 여러분은 특별히 악의를 갖진 않았겠지만 여러분이 즐기거나 동조하고 있는 그게 이래서 잘못된 거예요, 이해하시나요? 몰랐으면 지금부터라도 좀 인식하시고요. 당연히 기분 좋을 리 없다.

한창 최진기, 설민석, 채사장, 강신주 등의 지식인 셀러브리티들이 강연 프로그램을 비롯한 다수의 교양 예능에 출연하며 본인의 전문 영역 이상의 지적 권위를 행사하는 것에 대해 비판적인 글을 썼던 적이 있다. 전체적으로는 개개인에 대한 비판보다는 건강한 공론장을 위한 제언에 가까웠지만, 당시 인기 있던 강연 프로그램에 나온 자칭 '남아 미술 교육 전문가'라는 이에 대해서는 상당히 가차 없이 비판했다. 그의 학적 권위도 의심스러웠거니와 아이의 타고난 남녀 성차를 당연한 것으로 규정한 뒤 여성인 엄마들의 교육이 남아를 억압한다는 결론을 이끌어내는 것을 보며 기함을 금할 수 없었다. 기사가 나간 뒤 해당 프로그램의 작가에게 메일이 왔다. 클레임은 아니었다. 재밌게 읽었고, 다만 해당 전문가의 강연에 대해선 자신도 남아를 육아하는 엄마로서 많은 부분 공감한 바가 있었고, 프로그램에서 추후 다른 학계 전문가들의 강연도 기획되어 있으니 애정 어린 관심을 가져달라는 내용이었다. 정중했지만, 나름 자신에게 도움도 되고 위로도 된다고 믿었던 전문가의 발언과 시청자들에게 좋은 걸 선사하려 했던 자신의 선의가 송두리째 부정당하는 것에 대한 서운함이 배어 나왔다.

이런 일도 있었다. 가장 최근에 낸 칼럼집인《뾰족한 마음》에는 SPC 그룹의 노동 탄압과 SPC 그룹에서 나오는 포켓몬 빵 신드롬을 연결한 칼럼이 실려 있다. 포켓몬 빵을 사고 그 안의 띠부씰을 모으는 세계의 즐거움은 한 노동자가 수십 일째 단식 투쟁을 하는 세계를 숨겨야 가능한 것이라는 걸 말하고 싶었다. 그런데 이 책에 대한 독서 토론 모임을 하던 분들에게 해당 칼럼이 띠부씰을 모으는 이들에게 너무 죄책감을 부여하는 것 같다는 의견이 나왔다. 그 글이 포켓몬 빵을 구매하는 일 자체를 탓하지 않고 있다는 것을 인정하고 글의 논리에 상당 부분 동의하면서도 그런 반응이 나왔다는 게 흥미로웠다. 그 글은 죄책감이 아닌 실재의 무게를 느끼길 요청한 글이었지만, 바로 그 실재의 무게를 들이밀고 직시하라 말하는 것이 누군가에겐 그것을 몰랐거나 암묵적으로 외면한 것에 대한 질책처럼 느껴질 수 있다는 걸 알았다.

혼난다는 느낌을 좋아하는 독자는 없다. 자신의 오류를 인지하고 고칠 지성과 도덕성을 지니고 있는 독자조차 그러하다. 독자에게 부정적 감정을 주길 바라는 필자 역시 없다. 그런 면에서 내 글의 접근 방식과 전략은 앞서 말한 작은 장점에 비해 한계가 뚜렷하다. 한계를 알면서도 전선을 긋는 누군가는 필요하다는 생각에 지금과 같은 글을 쓴다고 말하고 싶지만, 솔직히 정말 그러한지, 아니면 나이를 먹을수록 독선적인 고집불통이 되어서인지, 언어의 세밀한 뉘앙스와 논리의 다층적인 결을 다듬을 능력이 부족해서인지, 스스로도 잘 모르겠다고 느낄 때가 많다. 가능한 건, 겸허히 한계를 인정하며 나의 글이 공적 논의 안에서 작게나마 유의미한 역할을 하길 바라는 것이다. 독자를 불편하게 하는 글로 마음을 얻고 변화를 만들긴 어렵다. 하지만 글의 실천적 힘은 독립적으로 발휘되는 것이 아니다. 그럭저럭 올바르고 평화롭다고 생각했던 자신들의 일상적 세계에 이의가 제기되었다는 불편함은 때로 그들을 논의의 장으로 이끈다. 내 세계가 잘

못됐다고? 가만히 있던 나를 혼낸다고? 내가 불의를 인지하지 못하고 있었다고? 부정적 감정은 다른 말로 부정하고 싶은 감정이다. 그들이 불편한 마음에 자기변호의 목소리를 낼 때, 평온해 보이던 그들의 세계는 언어로 구체화되어 공적 논의에 편입된다. 그 논의가 스스로의 오류를 인지할 기회를 줄지, 또 다른 논박에 대응하는 경험을 줄지는 알 수 없다. 변한 건 아직 없다. 다만 변화의 가능성은 열린다. 그 작은 가능성이 여전히 나를 쓰게 한다.

언제나
맞는 말만 하면
좋겠지만 ¶

어떤 글도 그 자체로 완결될 수 없다는 것, 글의 가치는 더 나은 논의를 위한 기여에 있다는 믿음은 내 글쓰기의 가장 큰 전제다. 언제나 구체적인 대상에 대한 구체적인 언어에 대해 고민하는 건 그래서다. 논의란 우리가 발 딛고 서 있는 세상 위에서 각기 다른 입장과 욕망을 지닌 참여자들이 서로의 논거를 교환하며 가장 합리적인 결론에 이르기를 기대하는 행위다. 당연히 이 대화는 각 참여자들이 속한 자신의 믿음을 구성한 구체적 현실에서 벌어지며 대화의 언어 역시 이 세계를 지시한다. 아무리 당위적으로 옳은 고담준론이라 한들 현실 세계를 지시하지 않는 언어는 그 어떤 변화도 이끌어내지 못한다.

가령 '나는 차별과 혐오에 반대한다'는 말은 원론적으로 매우 옳아서 여기에 굳이 반박할 사람은 별로 없을 게다. 이 말을 한다고 누군가에게 미움이나 공격을 받을 일도 없다. 하지만 혐오란 말을 교묘히 전유한 남성 혐오라는 표현으로 현실에서 여전히 견고한 성차별의 구조를 가리는 이들의 전략 앞에서 '혐오에 반대한다'는 원론적 말이 어떤 효과를 지닐 수 있을까. 한국형 대안우파 세력이라 할 만한 신남성연대의 경우 자신들은 결코 여성을 혐오하거나 차별하지 않으며, 반대로 남성을 혐오하며 평등을 훼손하는 페미니즘에 반대할 뿐이라고 주장한다. 자신들도 차별과 혐오에 반대한다고 말하는 신남성연대에 유의미한 비판을 가하고 그들을 논의 안에 끌어들이기 위해선 실제 세계에 발붙인 언어가 필요하다. 페미니즘 반대 운동이 여성혐오가 아니라는 신남성연대의 주장이 정당화되기 위해선 페미니즘이 등장하기 전에 이미 각 성별은 평등을 누리고 있었다는 서사에 동의해야 한다. 당연히 동의하기 어렵다. 이 서사의 허구성을 까발리기 위해선 메갈리아에서 '한남'이라는 말이 나오기 전 일베든 클리앙이든 정치 성향 상관없이 남성들이 김치녀, 김여사 등 여성을 폄훼하는 라벨링을 아무 거리낌 없이 썼다는 사실을, 소라넷 같은 사이트를 통해 여성에 대한 성적대상화와 상품화가 큰 규모로 이뤄졌다는 사실을 제시해야 한다. 이토록 기울어진 세계에서 남성을 향한 일부 페미니스트들의 언어가 종종 공격적이거나 비하적이라 해도 그것이 실질적인 남성 차별과 혐오로 이어졌다 보긴 어렵다. 구체적 세계에 비춰볼 때, 우리는 차별과 혐오에 반대하기에 페미니스트에 반대한다는 신남성연대의 주장은 헛소리다.

물론 신남성연대는 그 실천적 해악에 비해 논리적으로 허접한 상대긴 하다. 더 구체적이고 복잡한 사안에서의 논의에선 옳고 그름에 대한 판단이 훨씬 어려워진다. 과거 과격 성향 여성주의 커뮤니티인 워마드의 한 유저가 대학교 누드 데생 수업 중 남성 누드모델의 전라를 촬영해 공유한 사건이 있었다. 개인적으로 워마드의 노선에 동의하지 않을 때도 많았고, 해당 행위는 범죄이며, 그것이 딱히 미러링으로서 의미 있는 투쟁이었다고 생각하진 않았다. 페미니즘 운동에 어느 정도 호의적이던 이들도 메갈리아의 등장과 워마드의 분화 이후 갈수록 과격해지는 페미니즘 운동이 '이런 식으로 역공을 받기 때문에 효과적이지 않다'고 훈수를 두곤 했다. 이에 대해 한국 사회에 페미니즘은 필요하지만, 페미니즘의 이름으로 정당화되는 어떤 폭력들에 대해 동의하지 못한다고 말한다면 꽤 맞는 얘기일 게다. 하지만 동시에 내가 이해할 수 없었던 건, 사건을 벌인 가해자가 포토라인에 서고, 수많은 매체와 남성들이 합심해 그와 워마드와 '변질되어버린' 한국의 페미니즘 운동을 공격하는 모습이었다. 정말 그런가? 흔히들 워마드를 여성 일베로 동일시하지만, 정작 일베에서 여자 친구를 불법 촬영해 인증하다 잡힌 남성은 '관심받고 싶어서' 일을 저질렀다고 고백하고 언론은 그 변명을 실어주었다. 워마드의 한 유저가 저지른 일은 천인공노할 범죄이자 한국 페미니즘 운동이 잘못 돌아가고 있다는 증거가 되고, 일베 유저가 저지른 일은 관심받고 싶은 어느 어리석은 젊은 남자의 일탈로 해석되는 세계에서 페미니즘 운동에 대한 중립적 입장에서의 훈수가 과연 어떤 실천적 효과를 지닐 수 있을까. 물론 불법 촬영한 가해자를 옹호한 적은 없지만, 그에 대한 강도 높은 비난과 언론의 취재 경쟁에 대해 비판적 의견을 냈던 건 그래서다. 이러한 사건들에 대한 입장 차가 생기며 단순한 안티 페미니스트가 아닌 상당히 합리적이고 진보적인 이들 중에도 내가 너무 치우친 입장을 갖는다고 비판하는 경우가 생겼다. 그럴지도 모른다. 지금 나는 이토록 민감하고 복잡한 이슈에서 얼마나 기막히게 정당한 판단을 내렸는지 자랑하는 게 아니다. 오히려 이런 구체적 사안에 세밀하게 접근할수록 틀릴 확률이 매우 높아지며 나 역시 자주 틀린다는 걸 말하려는 거다.

논의가 구체적인 지시체를 향할수록 부당한 공격을 받을 확률도 올라가고 정당한 공격을 받을 확률도 올라간다. 노동자의 권리를 존중해야 한다는 말을 한다고 위험분자가 되진 않지만, 민주노총의 거리 시위나 쇠파이프를 든 노동자들이 왜 그런 물리적 투쟁을 하게 됐는지 이야기하기 시작하면 빨갱이 취급을 받을 수 있다. 좀 더 개별적이고 구체적인 사례인 SPC 그룹의 노동 탄압에 대해 이야기하며, 그들이 만든 포켓몬 빵을 사고 띠부씰을 수집하는 취미생활에 어떤 종류의 정치적 무관심이 깔려 있는지 비판적으로 되짚어보자는 제안은 조금만 엇나가도 자칫 SPC 불매에 동참하지 않는 이들을 싸잡아 비난하는 틀린 말이 될 것이다. 전자의 경우 떳떳하되 피로하며, 후자의 경우 논의에 불필요한 잡음을 일으킬 수 있다. 하지만 공격받는 게 두렵거나, 틀리는 게 두려우면 최종적으론 안전한 거리로 물러나 딱 그만큼의 원론적인 말밖에 할 수 없다. 노동자의 권리를 존중하자! 혐오와 차별은 나쁘다! 누구의 반대도 받지 않을 말 혹은 글로의 평화로운 도피. 마냥 평화로운 논쟁은 불가능하며, 논의 안에서 누구도 틀리지 않을 수는 없다. 단지 잘 틀리기 위해 노력할 수 있을 뿐이다. 사안의 구체성에 최대한 밀착한 글쓰기를 한다면 그것이 틀렸을 경우에도 어떤 사고의 경로에서 오류가 발생했는지 선명한 반면교사가 되어 공적 논의에 밑거름이 될 수 있다.

어떤 의미로든 나는 현명한 비평가, 필자는 아니다. 종종 내 글과 말은 쓸데없는 분란을 일으켰고, 어떤 이들의 선동에 활용되었으며, 독선적 태도로 누군가에게 상처를 입히기도 했다. 하지만 이 장에서 한 이야기들은 나의 수많은 단점들에 대한 해명이 아니다. 현명하지 않은 내가, 그럼에도 계속해서 세상에 대한 글을 쓰는 것은 나만 옳다고 믿는 오만함 때문이 아니라 내 글을 읽는 이들이 수동적인 수용자가 아닌 능동적인 논의의 참가자라는 믿음, 그 격렬한 부딪힘이 때론 감정적인 갈등을 만들지언정 결과적으론 우리의 대화가 더 풍성해지고 더 나은 담론이 만들어지리라는 믿음 때문임을 말하고 싶었다. 지금껏 내가 내뱉었던 날 선 언어들에 비해 이 믿음은 너무 순진해 보일지도 모르겠다. 하지만 이미 수없이 틀린 말을 해왔음에도 이 믿음만큼은 틀리지 않았길 진심으로 바란다.

5.

'관종' 경제와
공론장 사이에서

SNS 시대의 글쓰기

투자자: 그런데 인플루언서 사업들이 꼭 사생활이나 태도 문제가
　　　　붙거진단 말이죠? 확장성도 좋고 성장세가 빠르다는 것도
　　　　아는데, 얼마 전에도 임스타에서 유명한 여자가 사이버 렉카
　　　　뮤튜버한테 찍혀가지고 나락 갔잖아요. 저희는 그런 쪽에서
　　　　리스크 관리를 어떻게 할지 그게 걱정입니다. 저희가 믿고
　　　　투자해도 되겠습니까?
주연:　그런 부분은 전혀 걱정하지 않으셔도 괜찮습니다. 저만큼
　　　　평범하게 산 사람도 없을 걸요?
　- 웹툰 〈팔이피플〉 중

제가 뭐라고
인스타그램을 하고
있을까요 ¶

↵

⌄

"네가 뭔데 이렇게 팔로워가 많아?" 인스타그램 업무 계정을 만들었다며 나를 팔로잉하던 친구는 이렇게 물었다. 그러게 말이다. 유명인도 아니고 그렇다고 예쁜 강아지 사진이 있는 것도 아닌 내 계정에 왜 이리 팔로워가 많은지 나도 의문이다. 싸움이 일상인 트위터에선 '트잉여' 짓을 오래 하기도 했거니와 남들과 키보드 배틀도 자주 붙었고 무엇보다 수많은 남성 명망가들이 좀 더 안온한 페이스북으로 떠나는 동안에도 끝까지 남은 덕에 팔로워 숫자가 좀 쌓였다 치자. 하지만 인스타그램은 누가 봐도 나와는 어울리지 않아 보이는 매체다.

그러니 친구의 질문에 해줄 수 있는 말은 하나뿐이다. 내가 '셀카'를 안 올린 덕에 그렇게 팔로워가 늘었나 보다. 그저 그런 농담이지만 여기엔 꽤 진실이 있다. 내 계정을 구독하는 이들 중 누구도 내 '셀카' 따위를 보고 싶지 않으리라는 것, 나라는 인간에 대한 호감이 아닌 내가 남긴 글에 대해서만 관심을 보이리라는 것. 내 성향과 어울리지 않는다는 것과 별개로 인스타그램이라는 매체에 대한 호기심과 흥미가 생긴 건 그래서다.

트위터, 페이스북, 인스타그램, 소위 3대 SNS를 모두 사용해본 입장에서 유저로서 가장 재밌는 곳은 역시 매일 같이 멱살잡이가 벌어지는 트위터다. 오전에 수많은 이들에게 동의를 받으며 빠르게 리트윗되던 의견이 오후 즈음엔 오류 지적과 함께 조리돌림을 당하는 변화무쌍함에서 눈을 떼기 힘들다. 종종 그 조리돌림의 대상이 내가 될 때조차. 반면 페이스북은 구독과 논쟁보다는 페친끼리의 친목이 중심인 곳이라 어느 순간부터는 흥미가 떨어졌다. 나는 온라인에서 친분을 다지는 행동 자체가 성미에 안 맞거니와 무엇보다 일간지 기자, 대학 교수, 출판사 사장, 작가, 변호사 등 중년 이상 남성 오피니언리더들이 서로 따봉을 눌러주고 자기들끼리 고담준론을 나누는 페친 공론장이 공론장의 왜곡된 이중구조를 만든다고 보는 편이다. 만인에 대한 만인의 투쟁이 벌어지는 트위터가 마경魔境인 건 사실이지만 그래도 공론장으로서의 역동성을 지니고 있다고 생각한다. 그런 면에서 인스타그램은 페이스북보다 더 나와 안 맞는 공간이어야 했다. 트위터가 리트윗 중심이고, 페이스북이 페친 중심이라면, 인스타그램은 그보다 더 폐쇄적인 팔로워 중심의 세계다. 유저끼리의 소통보다는 팔로워를 향한 자기 과시에 훨씬 특화되어 있다. 회사를 그만두고 프리랜서가 됐을 즈음, 남들도 하니 우선 계정은 만들어보자는 마음으로 시작했을 뿐이다. 당연히 '셀카'는 올리지 않았고, 친구랑 소주 마시러 다니는 곳이야 빤하니, 예쁜 음식이나 핫플레이스 사진을 올릴 일도 없었다. 할 수 있는 건, 그냥 글을 쓰는 것뿐이었다. 그러다 팔로워가 늘어나기 시작했다.

아무것도 아닌 내 계정에 구독자가 늘어난 건, 과거 문화연구자 손희정이 '페미니즘 리부트'라 불렀던 페미니즘에 대한 폭발적 관심 덕이 클 게다. 말이 프리랜서지 반백수라 시간은 남아돌았고, 넘치는 시간 일부를 할애해 대중문화나 정치적 사건, 일상 곳곳에 스민 성차별 문제에 대한 단상 혹은 꽤 길고 공격적인 글을 쓴 게 어떤 경로로 독자들에게 닿았던 듯싶다. 아주 잘 쓰거나 통찰력 있는 글까진 아니었지만, 많은 구독자들이 '띵글' 같은 표현의 댓글을 달아주곤 했는데, 나는 그게 너무 신기했다. 칭찬을 받아서가 아니라 젊은 인스타그램 유저들이 여전히 글이라는 매체에 반응을 하고 잘 쓴 글에 대한 요청이 있다는 사실 때문에.

인스타그램이라는 SNS가 등장해 젊은이들에게 급속도로 유행할 때, 나를 비롯한 기성세대의 분석은 거의 동일했다. 젊은 세대는 활자가 아닌 이미지에 익숙한 세대라는 것, 앞으로 더더욱 글이라는 매체는 대중의 관심에서 멀어지리라는 것. 하지만 내 계정 게시물에 대한 젊은 유저들의 반응은 그런 고정관념과는 많이 달랐다. 인스타그램에 게시할 수 있는 글자 수는 꽉 채워 200자 원고지 10매 정도인데(알고 싶진 않았다), 일간지 칼럼 정도 길이의 글이 올라올 때도 그들은 지루해하거나 3줄 요약을 청하지 않았다. 오히려 자신들이 관심 있는 주제에 대해 상당히 길고 공들인 글이 나올 수 있다는 사실에 반가워했다. 겉보기엔 즐겁고 화려해 보이는 일상 사진만 있어 세상에 아무 불만 없을 것 같던 계정이 여성혐오 범죄에 대한 글에 깊은 공감과 분노의 댓글을 남겼고, 음식 사진만 올리는 콘셉트 계정이 주저하지 않고 정치적인 의견을 내기도 했다.

정지우 작가의 멋진 책 제목을 빌리면 분명 "인스타그램에는 절망이 없다". 하지만 그들이 분노하지 않는 것도 아니고, 세상의 어두운 면에 관심이 없는 것도 아니며, 정치적 글쓰기에 관심이 없는 것도 아니라는 걸 알 수 있었다. 어쩌면 나나 내 윗세대 필자들은 젊은 세대와의 글을 통한 소통을 너무 쉽게 포기했던 것 아닐까. 그들이 내 계정을 통해 무언가를 배울 수 있었다면 다행이겠다. 나는 분명히 그들의 반응을 통해 새로운 사실을 배울 수 있었다.

인스타그램이라는

실험장 ¶

이 글을 쓰는 시기를 기준으로 인스타그램에서 한 달 이내에 썼던 글들을 되짚어본다. 8월 4일, 새만금 세계스카우트 잼버리의 난항을 틈타 또 여성가족부 폐지를 주장한 이준석에 대해 길게 비판했다. 8월 8일엔 SPC 그룹에 속한 경기 성남 샤니 공장 노동자의 끼임 사고에 대해 피해자 무사 회복을 바랐으며, 8월 9일엔 신림동 및 서현역 증오범죄 이후 우후죽순 올라온 온라인 살인 예고 중 유독 여성이 올린 것에만 반응하는 언론을 비판했다. 8월 11일엔 여성 대상 살인 예고를 한 범죄자에게 여성혐오 범죄라는 공식적 이름이 붙은 것에 대해 7년 전 강남역 살인사건과 비교하며 격세지감과 아쉬움을 밝혔다. 8월 16일엔 〈유 퀴즈 온 더 블럭〉에서 온 국민이 다 아는 불륜 사실을 쏙 빼놓고 이병헌의 사랑꾼 이미지를 다룬 것에 대한 황망함을 다뤘고, 8월 19일과 20일엔 각각 신림동 등산로에서의 성폭행 사건 피해자의 죽음을 추모하고, 바로 그 신림동이 속한 관악구 구의원이자 안티 페미니스트인 최인호가 과거 여성안심 귀갓길 예산을 삭감하고 자랑스러워한 일에 대해 분노했다. 8월 21일엔 MBC 새 프로그램인 〈선을 넘는 녀석들: 더 컬렉션〉에서 이건희 컬렉션을 다루며 이병철, 이건희 부자의 예술적 안목과 노블레스 오블리주를 상찬하는 것에 대해 그 컬렉션이 어떤 부정한 용도로 수집된 것이었는지 지적하며 TV 인문학 열풍의 허구성을 비웃었다. 참 세상 온갖 일에 열심히도 입을 댔다.

이토록 다양한 주제에 대해 이야기를 한다는 건 어떻게 봐도 주제넘은 짓처럼 보인다. 심지어 나는 그동안 글이나 방송을 통해 평론가나 교수들이 분야를 가리지 않고 언론의 코멘트 자판기 역할을 하는 것에 대해 상당히 비판해온 입장이다. 언론이라는 공인된 매체에 전문가의 지위로 말을 얹는 것과 한 명의 SNS 유저로서 의견을 밝히는 걸 같은 무게로 다룰 수는 없지만, '그저 개인 의견일 뿐'이라고 뒷짐 지고 책임을 회피할 수는 없다. 내가 원했든 원하지 않았든 일정 이상의 팔로워 숫자로 발언의 확장성이 생긴 평론가의 계정이라면 더욱. 사회적 명망가는 아니지만 그렇다고 완전한 무명인도 아닌 어중간한 지금의 위치에서, 완전히 상반되었지만 피할 수 없는 두 가지 질문 앞에 놓이게 된다. 첫째, 네가 뭔데 그 모든 일에 일일이 반응하고 의견을 내느냐는 질문. 둘째, 명색이 평론가로 활동하는 사람으로서 발언의 무게를 고민하고 더 정련된 언어를 제공해야 하지 않느냐는 질문. 나는 이 두 질문에 대해 동시에 대응할 수 있는 하나의 대답을 가지고 있지 못하다. 각각의 대답을 할 수 있을 뿐이며, 그것은 SNS에서 내가 이원화된 전략을 사용하고 있다는 뜻이기도 하다. 전략이란 표현을 쓴 건, 현재 내게 SNS, 특히 인스타그램은 자기표현의 수단이 아닌 정치적 공론장의 일부이기 때문이다.

첫 번째 질문에 대해선, 많은 경우 전문가가 아닌 시민으로서 정치적 의견을 개진하는 것이라 답하고 싶다. 일본의 오염수 방류와 정부의 대응에 대해 그 영향을 받을 한 시민으로서 우려를 드러내는 게 그렇게 주제넘은 일은 아니라고 생각한다. 내게 오염수와 방사능과 삼중수소에 대한 전문적 지식은 부족하지만, 그에 대한 우려를 오직 과학에 반하는 괴담으로만 치부하면서 국민을 납득시킬 만한 정치적 설득 과정이 없었던 정부에 대해 충분히 불만을 드러낼 수 있다. 기왕이면 약간의 위트라도 곁들여서. 여기에 비슷한 입장을 지닌 또 다른 시민들이 공명할 수 있다.

두 번째 질문에 답하면, 대중문화 텍스트나 지난 몇 년간 온라인을 중심으로 한 페미니즘 백래시를 다룰 때만큼은 전업적인 글쓰기를 하는 사람으로서 누군가 무기로 활용할 수 있는 언어를 제공하기 위해 노력 중이다. 즉 어떤 이슈들은 정치 고관심층 시민 1로서 의견을 개진하느라, 어떤 이슈들은 한국의 페미니즘 운동에 관심이 많은 대중문화평론가로서 의무감을 갖고 담론적으로 재구성하느라 그렇게 자주 인스타그램 피드에 채워졌다. 그리고 궁극적으로 그러한 피드들이 모여 둘이 아닌 하나로 인식되길 바랐다. 한 사람의 시민으로서의 전업 작가와 전업 작가로서의 시민. 붉은색 점과 노란색 점을 모아 멀리서 보면 주황색으로 인식되는 것처럼.

지난 몇 년간 내게 가장 큰 화두가 한국의 페미니즘 운동과 그에 대한 반동이었고 그것이 개인 SNS에서도 가장 주된 주제였다면, 최근 1, 2년간의 가장 큰 화두는 여성주의 투쟁을 비롯해 노동운동, 언론 자유 등 서로 다른 운동들을—에르네스토 라클라우와 샹탈 무페의 개념을 빌려—'등가사슬'로 묶어내 연대하는 정치적 언어와 상상력에 대한 것이다. 일개 대중문화평론가인 내가 그만큼 거창한 운동을 조직하겠다는 건 아니다. 단지 여성혐오 범죄에 대한 분노 때문에 내 계정을 찾은 이들이 SPC 그룹의 노동 탄압에 대해서도 상식인 수준에서 함께 분노하고, 〈집이 없어〉 같은 작품이 제공하는 폭력 너머 연대의 사회적 각본을 접하고 더 나은 미래를 상상할 수 있다면 좋겠다고 생각해볼 뿐이다. 나는 학술장의 사람도 아니고 하다못해 평론가 집단과도 거의 교류가 없는 방구석 여포지만, 그렇기에 더 많은 사람들이 만만하게 접근해 편하게 읽고 정치적 언어들을 본인의 일상 일부로 느끼면 좋겠다. 다른 매체 대비 젊은 유저가 많고 어느 곳보다 비정치적인 것처럼 비춰지는 이곳에서 어떤 종류의 정치적 공론장을 만들 수 있을지, 나는 계속 실험을 하는 중이다.

자의식 과잉 예방하고

현명한 SNS 생활

완성하자 ¶

⌐⌐

∨

SNS를 공적 발화의 장으로만 활용하면 소위 '관심병'으로부터 자유로울 수 있을까. 딱히 그럴 일은 없다. 나는 이미 현명한 SNS 사용과 거리가 먼 사람이지만, 그래도 왜 SNS의 현명한 사용이 어려운지는 잘 아는 편이다. 얼핏 모순되어 보이는 두 가지 명제를 충족해야 하기 때문이다. ① 누구도 내가 하는 말에 대해 관심이 없다. ② 그럼에도 내가 내뱉는 말의 영향에 대해 큰 책임감을 가져야 한다. 자의식은 줄이되 책임감은 커야 한다. 여기에 공적인 발언이냐 사적인 자기 과시냐는 구분은 별로 의미가 없다. 가령 나는 사람들이 내가 SNS에 어떤 이슈에 대한 글을 올려주길 기대할 거라 생각하지 않는다. 최대한 타인의 반응은 신경 쓰지 않고 발화하려 한다. 하지만 나 스스로 꽤 자주 경험했듯, 그것은 언제든 내가 예측할 수 없는 범위로 퍼져나가 좋거나 나쁜 영향력을 발휘할 수 있으며 그 불길에 대한 책임에 내 소박한 의도 따위는 그리 중요하지 않다. 이 비대칭을 이해하는 것이 중요하다.

쉽게 팔로워 숫자로 설명을 해보겠다. 현재 내 팔로워 숫자는 99000대. 나처럼 딱히 방송과 언론의 사랑을 받거나, 직접적으로 주목경제 전선에 뛰어든 것도 아닌 대중문화평론가치고는 상당히 많은 숫자다. 다시 말해 정신 못 차리고 헤벌쭉하기 딱 좋은 숫자란 뜻이다. 대충 호의로 인플루언서라고 말해주는 이들도 있다. 반대로 팬 숫자에 취해 정념을 부추겨 '좋아요' 숫자만 늘리는 선동가라는 비난도 있다. 내가 선동가일 수는 있지만 팬 숫자 같은 건 별로 의식하지 않는다. 내가 겸손해서가 아니라 그들이 팬이 아니라는 걸 잘 알기 때문이다. 이 숫자엔 상당한 허수가 잡혀 있다.

99000이지만 계산하기 쉽게 100000으로 가정하자. 이

중 반은 내가 미처 차단하지 못한 홍보 어뷰징 계정이거나, 만들기만 하고 활동하지 않는 유령 계정이다. 즉 실질적 구독 활동이 없다고 봐도 무방한 계정이 50000 정도다.

남은 50000 중의 반은 부정적인 구독자다. 나라는 사람을 싫어하고, 과연 오늘은 어떤 헛소리를 할지 지켜보는 사람들. 어쩌면 자기들의 커뮤니티로 퍼가 조리돌림을 할 준비를 하고 있을지도 모른다. 팔로워가 자신에게 호의적인 사람들일 거라는 가정은 정말 아무 근거가 없다.

이제 남은 25000은 느슨한 호의적 구독자라 볼 수 있는데, 이 중 반은 의혹의 눈초리를 거두지 않는 사람들이다. 지금까진 대충 본인과 정치적 의견이 일치되어 두고 보고 있으나 한마디라도 본인 마음에 안 들면 언제든 돌아서거나 악플을 달거나 조리돌림을 할 준비가 된 사람들.

이제 남은 건 1/8인 12500이다. 아마 실제로는 이보다 적겠지만 아주 단순한 산술로는 이 정도를 나름 일관된 호의적인 구독자로 기대해볼 수 있다. 그렇다고 이들이 팬은 아니다. 팬이란 내 글이 아닌, 나라는 존재에 대해 인격적인 친밀함을 넘어 상당한 동경을 지닌 사람들이다. 일관된 호의적 구독자란 내 계정의 글을 재밌게 보거나 정치적으로 동의하는 사람들이지, 나라는 개인에 대해서까지 호감을 느끼는 게 아니다. 아예 본인의 사적인 삶을 콘텐츠로 제공하는 인플루언서라면 팔로워 중 팬 비율이 높겠지만 나와 그들은 아예 다른 위치에 서 있다.

다시 한번 반으로 쪼갠 6250명 정도가 어느 정도 나라는 개인에게도 호의와 친밀함을 느낀다고 가정하면, 여기서 한 번 더 나눈 3150명 정도가 그 이상의 동경을 품은 팬이라 할 수 있다. 솔직히 체감상 이보다 적긴 하지만, 어쨌든 팬에 가까운 이들이 1000명 이상이라는 건 무시할 수 없는 수치다. 이들 덕에 책도 팔고 강연 모객도 하며 그럭저럭 커리어를 유지할 수 있다. 프리랜서 마감 노동자로서는 상당히 든든한 뒷배인 셈이다. 다만 어떤 의미로든 10만 팔로워를 거느린 인플루언서 권력과는 거리가 멀어도 한참 멀다. 이걸 남들이 착각하면 답답한 일이고, 본인이 착각하면 답이 없는 일이다.

허수를 제거하고 냉정하게 주제 파악을 했으니 끝난 걸까. 아니다. 다시 말하지만 자의식은 줄이되 책임감은 커야 한다. 팬으로 짐작되는 이들이 3150명이라 해서 그 정도의 호의적 반응만 기대하며 글을 쓰면 될 일이 아니다. SNS 세계를 넘어 퍼져 나갈 가능성을 차단하고 생각하더라도, 이 계정에서 글을 쓰는 공적 책임의 범위는 부정적 구독자까지 포함한 5만까지다. 호의가 아니라 해도 내 글에 대해 반응을 보이는 사람들이니까. 즉 10만 팔로워에 으스댈 일이 아니라, 5만에 대한 책임감을 지니면서 3천 정도의 인격적 응원을 받아볼 수 있는 일이다. 딱히 억울하진 않다. SNS를 공적 글쓰기를 위한 공간으로 사용하겠다고 마음먹었을 때 받아들여야 할 전제이기 때문이다. 그리고 어쩌면, 유명하진 않아도 무명인 또한 아닌 대중문화평론가 혹은 칼럼니스트라는 공론장 변두리의 존재들이 항상 감안해야 할 현실일지도 모르겠다.

주목경제의 시대에 공적 자아를 어떻게 유지할 수 있을까 ¶

       반복해서 얘기하지만, 나는 글쓰기란 공적인 행위여야 한다고 믿는 편이다. 친구와의 술자리 농담이나 일기장에 쓸 사적 발화와 내 이름을 걸고 불특정 다수에게 공개하는 글은 분리될 수 있어야 한다. 개인적으로는 배우자와 가족, 친구로 연결된 내 좁지만 행복한 사적인 영역에 다른 것이 틈입하는 게 너무 싫어서고, 윤리적으로는 글쓰기란 사회적 협업의 일부로서만 가치가 있다고 생각하기 때문이다. 꼭 전업적인 글쓰기가 아니더라도 그러하며, 혹 작가나 평론가라는 아주 작은 상징적인 직함이라도 생긴다면 의무적으로 그러하다. 물론 이 둘을 온전히 분리하기란 어렵다. SNS에 의한 주목경제의 시대엔 더더욱. 누군가의 관심을 끈다는 건 이제 그 자체로 하나의 경제적 행위가되었고, 특히 인스타그램은 자신의 삶을 자원 삼아 타인의관심을 모을 수 있는 유력한 채널이다. 소위 마이크로 인플루언서들이 동경할 만한 대상으로의 자기 이미지를 구성해 전시하는 건 자기 과시와 '좋아요' 숫자에 대한 갈구 때문만은아니다. 각자도생과 자기 고용이 내면화된 시대에, 동경의 대상이 되고 구독자와 라포rapport를 형성하는 것은 단순한 관심의 갈구가 아니라 '나'를 일종의 콘텐츠로 구성해 제시하는퍼스널 브랜딩이다. 공적 자아와 사적 자아를 구분하는 것이무의미할 정도로 뒤섞이는 세상에서, 여전히 공적인 글쓰기와 사적인 오프라인의 삶을 분리해 생각하는 고리타분한 아저씨 칼럼니스트는 적응하기 힘들다. 적응이 아닌 생존의 문제일지도 모르겠다.

꼬장꼬장한 척해봤자 나 역시 당장의 벌이와 관심이 급한 콘텐츠 자영업자 1인이다. 격주로 일간지에 꽤 긴 분량의칼럼을 연재한다는 건 여전히 상당한 특권이자 기회지만 그것만으로 프리랜서의 삶을 영위할 수는 없다. 아직도 회사를 그만둘 때 편집장이던 강명석 선배가 해준 말을 기억한다. "근우 씨, 유명해지세요." 그땐 그저 응원의 덕담인 줄만 알았다. 하지만 수년이 지난 지금 떠올리면, 그건 생존에 대한 충고였다. 자기 PR은 예전부터 중요했다. 다만 과거의 PR이 자신의 사용가치를 어필해 높은 교환가치로 환원하는 것이었다면, 현재의 주목경제에선 사람들의 이목을 끄는 행위 자체가 상품이 되어 교환가치로 환원된다. 세상이 어떻게 흘러가든 무시할 수 있다면 좋겠다. 단순한 인정욕구의 문제라면 그럴 수 있을지도 모른다. 과거엔 SNS에서 따봉을 받는 게 부족한 자존감을 채우는 문제였다면, 이제는 '생존형 관종'이 되어 대중의 입방아에 오르내려 주목경제의 종자돈을 마련해야 겨우겨우 일감의 네트워크에 접속하거나 소비자와 만날 수 있다. 이 바닥의 판돈이라 할 상징 자산과 인맥이 부족하다면 더더욱 그러하다. 《경향신문》 칼럼니스트라는 직함은 어쨌든 반백수인 프리랜서가 스스로를 소개할 때 꽤 유용하지만, 그렇다고 반백수가 아닌 건 아니다.

앞서 인스타그램에 올린 글들을 시민으로서, 평론가로서

의 공적 발화라 설명했지만, 언제나 시민의 순수한 책임감만이 글의 동기가 됐던 건 아니다. 내 SNS를 굳이 찾아와 읽고 반응하는 이들이 있다는 걸 알았을 때 콘텐츠 자영업자로서 계산기를 두들긴 순간이 없다고는 못하겠다. 인간의 마음이란 간사하다. 한 명의 콘텐츠 자영업자로서 뜻하지 않게 확보한 잠재적 고객들을 위한 맞춤 서비스를 제공하는 것이 시대에 발맞춘 진화라고 자신을 속이기란 너무 쉬운 일이다. 어차피 내 글이 더 확장되고 반향을 일으키기를 바란다면 독자들과 친해져야 한다고 굳이 안 그럴 이유가 없다고 스스로를 꼬드길 때도 있다. 그런데 그때에도 내 글들이 공적일 수 있을까. 내 글을 읽을 사람들을 동료 시민이 아닌 고객님으로 바라보면서 시민의 책무로서의 글쓰기를 할 수 있을까.

다행히 남들에게 보여줄 만한 라이프스타일이란 게 없다 보니 거의 언제나 나란 존재를 특정 이슈나 대상을 바라보는 관점의 형태로만, 활자의 뒤에 숨어 드러낼 수 있었다. 그러나 정말 그것이 공적 자아만을 고집한 글쓰기였는지는 모르겠다. 세상에 수많은 불의가 벌어지고 있기에 그만큼 자주 비판의 언어를 남기는 거라 말하고 싶지만, 여기에 나에 대한 사람들의 관심이 식을 것에 대한 두려움이나 조급증이 아예 없다고 할 수 있을까. 주목경제 시대의 가장 끔찍한 혼종인 '사이버 렉카'가 이슈에 숟가락을 얹는 행위와 수많은 뉴스에 대해 논평을 남기는 내 글쓰기에 본질적 차이가 있다 할 수 있을까. 나는 여전히 이 질문을 해소할 확실한 결론을 얻지 못했다. 단지 한 가지는 잊지 않으려 한다. 어쩌다 인스타그램이라는 공간에서 만 단위의 팔로워가 생겼지만, 어떻게 그들이 모였고 그들이 내게 원하는 게 무엇인지 무의미하게 추론하지 말자는 것. 누군가가 원할 법한 나의 자아상을 상상하며 연출하는 것은 안 좋은 의미의 자기검열이 될 뿐이며, 아마 높은 확률로 그 상상은 헛다리를 짚고 끝날 것이기에.

결국 소셜네트워킹이고 나발이고 내 글을 읽어주는 이들과의 공적 거리감을 확실히 유지하는 것만이 유일하게 가능한 방법 같다. 멀어지기 위해서가 아니라 사적 친목의 네트워크에 침식되지 않는 동료 시민 사이의 연결감을 유지하고 싶어서. 때로 내 어떤 말들에 실망하더라도 또 다른 사안에서 연대할 수 있는 시민으로 남고 싶어서. 아주 작은 뉘앙

'관종' 경제와
공론장 사이에서

스 차이지만 (속으론 팔로워에 대한 의식을 버리지 못할지언정) 불특정 다수를 향해 발화하려 하고 팔로워나 고정 독자(그런 것이 있다면)를 호명하지 않는다. '여러분' 같은 말도 조심스럽다. 응원의 댓글에 고마운 마음이 들어도 고맙다는 대댓글은 달지 않는다. 완전한 곡해나 다른 계정들에 대한 악의적인 시비만 아니라면 댓글에 아예 개입하지 않는다. 글의 정치적 맥락을 매개하지 않은 직접적이고 사적인 접촉의 느낌이 내게도 그들에게도 생기지 않도록. 독자들이 내가 제공하는 담론에 친근감을 느끼거나 공감한다면 좋은 일이지만, 나와 친구가 될 수는 없다. 여기엔 어느 정도의 강박이 필요하다. 온라인에 대한 이야기는 아니지만, 내가 추천하는 주제에 맞춰 OTT를 함께 보고 이야기를 나누는 기획으로 문화 살롱에서 모임 제안이 온 적이 있었다(마침 인스타그램 메시지를 통해 왔다). 이해를 돕기 위해 기존 모임 사진을 보내왔는데, 내 기준에선 연사와 청중의 거리가 확실한 일반 강연과 비교해 테이블에 둘러앉아 담소하는 그 모습이 너무 가깝고 친밀했다. 거절했다. 그곳이 잘못되거나 싫은 게 아니라 반쯤 겁에 질려서.

의외로 인스타그램이 공적 발화와 의제의 공유를 위한 좋은 채널이 될 수 있다는 걸 깨닫고선, 정작 '좋아요'의 단맛을 조금 보고 독자와의 공적인 거리를 포기한다는 건 본말이 뒤집힌 일이다. 공과 사를 구분하기 너무 어려운 세상이 됐다는 것이, 그걸 그냥 놔버려도 된다는 뜻이 될 수는 없다. 오해를 피하자면, 나는 자신의 삶을 콘텐츠로 제공하거나 친목을 포함한 소통을 하는 인플루언서들이 그릇된 길을 가고 있거나 자신의 팬을 고객으로만 본다고 말하려는 게 아니다. 내가 말하고 싶은 건 콘텐츠의 성격과 팔로워와의 거리다. 공적이고 비판적이고 남의 눈치를 보지 않는 글쓰기가 나의 콘텐츠라면 그 콘텐츠를 제대로 만들기 위해 독자를 포함한 세계와 억지로라도 공적인 거리를 확보하는 게 맞다. 그것이 SNS와 자기 PR의 시대에 내가 선택한 생존 방식이다. 새로운 기회를 창출하진 못해도 멍청한 짓을 할 확률은 최대한 제거하는 것.

하지만

나도 가.끔.

눈물을 흘린다 ¶

↵

˅

　　　　　　　　　　SNS를 현명하게 사용하
자는 다짐, 사적 자아를 드러내지 말자는 다짐에도 불구하
고 가끔씩 절제할 수 없게 터져 나오는 감정과 표현이 있다.
기아 타이거즈의 저질 야구를 욕할 때만큼은 나도 한 명의
야구팬이라는 사적인 정체성을 마냥 드러내곤 한다. 심지어
가끔 직관 승리를 할 땐 호구처럼 실실대는 피드나 스토리를
올리기도 하고. 그깟 공놀이의 경기 승패에 따라 일희일비하
고, 육두문자를 쓰고, 감독과 프런트를 저주하는 모습을 기
어코 남들 다 보는 곳에 공개적으로 드러내는 건 성숙한 작

가의 태도도, 어른의 태도도 아니다. 보는 이들에게 공적 논의를 위한 의제를 던져주는 것도 아니다. 그러니 여기에도 반성이 필요하다. 아니 근데 저 새끼들이 먼저 야구를 똑바로 안 해서….

6.

우리가 돈이 없지
가오도 없지 욕은 먹지

글쓰기와 멘탈 관리

아무도 나를 모르고 돈이 많았으면 좋겠어요.

- 배우 류승수, MBC 〈라디오스타〉에서

그럼에도 굳이
글을 쓰겠다는
그 마음의 진실 ¶

배우 류승수가 토크쇼에서 "아무도 나를 모르고 돈이 많았으면 좋겠어요"라는 명언을 남겼을 때 나를 비롯한 수많은 프리랜서 필자들은 유레카를 외쳤다. 맞아, 빌어먹을! 내가 행복하지 못한 건 이것 때문이었어! 그래도 류승수는 〈겨울연가〉로 나름 한류 수혜까지 받고 꾸준히 조연급 배우로 인지도를 쌓아오기라도 했지. 전업적인 글쓰기를 하며 그럭저럭 커리어가 이어져 언론에 기명 칼럼을 기고하는 행운을 누린다 해도, 그것으로 얻을 수 있는 건 아주 애매한 수준의 유명세와 정말 적은 고료다. 그

우리가 돈이 없지
가오도 없지 욕은 먹지

적은 고료에도 세금 8.8퍼센트가 붙어 빠진다. 그리고 한 줌 유명세에도 질투와 간섭이라는 또 다른 세금이 붙는다. 그러니 류승수의 말에 고개를 끄덕일 수밖에 없다. 그럼에도 나는 나를 포함해 다들 솔직해질 필요가 있다고 생각하는데, 정말 많은 돈과 커다란 유명세 사이에서 선택할 수 있다면 글을 쓰는 이들은 후자를 택할 확률이 훨씬 높을 것이기 때문이다. 나나 그들처럼 애매하게 유명한 필자들이 류승수의 말에 공감한 건, 유명세의 허무함을 경험해봐서가 아니라, 진짜 그냥 애매한 수준으로 유명해서다.

아마도 글쓰기를 주제로 한 가장 위대한 에세이 중 하나일 조지 오웰의 '나는 왜 쓰는가'(이한중 옮김, 이하는 조지 오웰 선집 《나는 왜 쓰는가》에서 인용)에서 오웰은 글 쓰는 동기로 순전한 이기심, 미학적 열정, 역사적 충동, 정치적 목적, 이렇게 네 가지를 제시하며 그중 가장 따를 만한 동기는 정치적 목적이라 이야기한다. 그가 말한 정치적 목적이란 남들의 생각을 바꾸려는 욕구를 말하며, 어떤 책이든 정치적 편향성으로부터 자유로울 수 없다. 오웰은 정치적 목적이 없는 글쓰기를 할 때마다 어김없이 무의미한 문장을 썼노라 고백한다.

하지만 정치적 글쓰기에 대한 그의 모든 의견과 통찰에 동의하고 나 역시 그것을 내 글의 출발점으로 삼으려는 것과 별개로 이 에세이에서 내가 가장 사랑하는 구절은 순전한 이기심이라는 동기를 설명한 다음 문구다. "나는 진지한 작가들이 대체로 언론인에 비해 돈에는 관심이 적어도 더 허영심이 많고 자기중심적이라고 생각한다." 봐, 조지 오웰도 이랬어. 나만 가지고 뭐라 하지 마.

《아이즈》 재직 시절과 《지금, 만화》의 객원 편집장을 맡았을 때, 다양한 분야의 필자들에게 외부 원고를 청탁하고 최대한 상대가 기분 나쁘지 않도록 수정해 피드백한 경험은 이 업에 대한 많은 깨달음을 줬는데, 글을 쓰는 사람들은 열에 셋은 안하무인이고 나머지 예의 바른 일곱도 자기 글에 대한 강한 프라이드를 지니고 있다는 것이다. 나라고 아니겠나. 《경향신문》 토요판에 격주로 칼럼을 쓴 지 6년째인데, 보통 토요일에 지면으로 나오기 전 금요일 오후에 온라인에 공개가 된다. 특별히 더 화제성이 높거나 중요한 기사가 있는 게 아니라면, 대부분 포털 내 《경향신문》 자체 편집선 메인 기사로 띄워주는 편이다. 그런데 내가 생각했을 때 꽤 파괴력도 있고 의미도 있다고 자신했던 칼럼이 메인에 노출되지 않으면 정말 온갖 부정적인 생각이 들기 시작한다. 박태준만화 회사의 신작 〈촉법소년〉을 중심으로 소위 박태준 유니버스라 불리는 작품들이 공유하는 사이다 서사의 문제를 지적하는 칼럼을 쓰고 내심 기대했는데 메인에 노출되지 않았던 걸, 아직도 기억하고 있다. 편집은 언론사의 고유 권한이고, 그날 내 칼럼 대신 비 오는 날엔 소시지 빵이 당긴다는 따위의 기사가 노출된 것도 아니었다. 그냥 내 칼럼이 상대적으로 덜 중요했던 거다. 그래도 그걸 곧이곧대로 받아들이는 데는 시간이 걸린다.

뭐지? 역시 레거시 미디어는 웹툰의 영향력을 너무 과소평가하는 건가? 지금이 어떤 시댄데! 혹시 신문사에선 내가 박태준에 대해 너무 자주 쓴다고 생각하는 걸까? 이번 얘기는 그때랑 완전 다르다고! 이런 온갖 쓸데없는 상상을 하다가 결국 내리는 결론은 하나다. '괜히 SNS에 실없는 소리 안 해서 다행이다.' 하지만 이러한 자기중심적 태도엔 분명 자기만족과 착각을 넘어서는 강력한 에너지와 동기가 뒤섞여 있다. 그 칼럼을 썼을 땐 내가 대중문화에서 정말 중요한 현상의 정치적 차원을 건드렸다고 굳게 믿었고, 박태준이라는 작가의 명성을 생각할 때 상당히 파급력도 있으리라 기대했다. 완전한 착각일지언정 이번 주 칼럼으로 아주 다 씹어먹어 주겠어, 라는 의욕과 기대가 없다면 글쓰기의 열정은 불완전연소된 채 매캐한 연기와 희미한 불씨만 남긴다.

오웰은 각각의 글 쓰는 동기를 구분했지만 사실 이것은 개념적으로만 구분 가능할 뿐 경험적인 차원에서는 따로 분리해 설명하는 것이 어려울 정도로 뒤섞여 있다. 오웰의 시대와는 비교할 수 없을 정도로 쉽게 자신의 정치적 의견을 완결되거나 완결 덜 된 형태의 글로 쉽게 공유할 수 있는 현대에는 특히 더. 정치적 영향력을 발휘해 사람들의 의식을 바꾸려는 열정과 영향력의 중심에 서고픈 과시욕은 과연 전혀 다른 종류의 감정이라 말할 수 있을까. 불순물 같은 허영심을 분리해낸 순수한 정치적 공적 열망이라는 것은 가능할까. 나는 별로 가망이 없다고 생각하는데, 오직 그렇게 상징 투쟁으로 채워지는 명예욕만이 실은 우리를 당장 돈도 보상도 나오지 않는 일에 헌신하게 만들어주기 때문이다. 특히 그 정치적 행위가 글쓰기로 구현된다면 더더욱 그러하다. 같은 정

우리가 돈이 없지
가오도 없지 욕은 먹지

치적 목적을 지니고 있다 해도, 빛나지 않는 곳에서 묵묵히 캠페인과 시위를 조직하는 것과 자신의 서명이 들어간 팸플 릿을 작성하는 것은 다른 결을 지니고 있다. 영화 〈굿 윌 헌 팅〉에서 세속적 명예와 관심, 자신의 재능에 초연한 척하는 윌(맷 데이먼)에게 숀(로빈 윌리엄스)은 질문한다. "넌 어디서 든 청소부가 될 수 있어. 도대체 왜 그중에서 하필이면 세계 최고의 이공과 대학에서 청소부 역할을 하지?" 당신은 다양 한 방식으로 정치적 목적을 위해 노력할 수 있다. 그런데 왜 하필 글쓰기를 선택한 걸까? 독자의 마음을 움직이는, 다시 말해 정치적 목적을 달성하는 글을 쓰고자 하는 열정엔 성 공적인 글이 불러일으킬 경탄과 찬사에 대한 기대감이 숨길 수 없이 깔려 있다.

　나는 전업적 글쓰기를 포함해 글을 쓰는 사람들이 이 러한 욕망을 솔직히 인정해야 한다고 생각한다. 좀 더 나아 가 오웰이 말한 "자신의 정치적 편향을 의식"하는 것만큼 중 요한 일이라고 본다. 스스로의 정치적 편향을 의식하지 않은 채 중립적인 체하는 글은 독자를 기만한다. 스스로의 이기적 욕망을 직시하지 않는 글은 스스로를 기만한다. 애매하게 유명한 삶이 그렇게 나쁜 것만은 아니다. 다만 자신이 정말 원하는 게 무엇인지, 그것이 정말 얻을 수 있는 것인지, 내가 실제로 어디까지 기대해도 될지에 대해 용기 있게 들여다보지 않으면 불필요한 원망과 자기혐오에서 길을 잃을 뿐이다. 앞서의 에세이에서 오웰은 말한다. "모든 작가는 허영심이 많고 이기적이고 게으르며, 글 쓰는 동기의 맨 밑바닥은 미스터리로 남아 있다." 여전히 미스터리지만 마냥 심연으로 둘 수만은 없는 일이다. 내가 심연을 들여다보면 심연도 나를 들여다보고 그러다 눈이 맞으면 대화도 시도하고 썸도 타보는 거고.

분노라는

동력 ¶

↵

ˇ

　　　　　　　　　　　　　　　첫 칼럼집인 《프로불편러
일기》를 내며 당시 흠모하던 세 명의 사람에게 추천사를 받
았는데 그중 한 명인 인기 팟캐스터 'UMC' 유승균은 이러한
추천사를 남겼다. "내가 본 위근우의 분노는 종종 과하여, 분
노가 자신의 이성적 자본을 잠식해 어느 순간부터 자신과 닮
은 존재들의 자신과 닮은 부분에만 분노하는 일반적인 판단
력 부도 상태의 위선자로 그가 퇴화할까 봐, 이따금 걱정했
다." 다행히 이 다음 구절은 그 와중에 잘하고 있다는 덕담이
지만, 이 구절을 볼 때마다 뜨끔뜨끔하다. 정말로 과도한 분

노가 내 한 줌 이성마저 잠식하는 건 아닐까. 이미 잠식했고 도덕적 금치산자가 되었는데 나만 모르고 있는 건 아닐까. 어쨌든 그 이후로도 내 글쓰기의 주요 동기는 분노였으므로.

꼭 나뿐 아니라 많은 경우, 글쓰기의 출발점이 되는 도덕적 직관은 감정의 형태로 자각된다. 연민, 분노, 슬픔, 유쾌함 등등. 특히 많은 경우 분노는 그 감정의 강렬함에 비례해 글을 쓰기 위한 강력한 원동력이 된다. 하지만 또한 많은 경우 분노에 의한 글쓰기는 다음과 같은 과정으로 이어진다. ○○(분노의 대상) 조지고 올게. 수 시간 후⋯ 하지만 결국 조져진 것은 나였다.

주관적 감정을 활자로 표출하는 것과 한 편의 글을 완성하는 건 다른 작업이다. 공적인 글쓰기는 보통 두 가지 단계를 목표로 진행된다. 첫 단계는 상호 이해. 만약 내 분노 표현을 보고 '아 쟤는 이러저러한 이유로 A에게 정말 화가 났구나'라고 이해한다면 상호 이해 단계까진 온 것이다. 적어도 '저 새긴 왜 화를 내고 있지?'라는 반응보단 의미 있는 소통이 이뤄진 상태이다. 하지만 글쓰기는 상호 이해 너머 동의의 단계를 지향한다. 즉 내가 분노한 이유를 이해하는 것을

우리가 돈이 없지
가오도 없지 욕은 먹지

넘어 그 분노가 정당하다는 동의를 이끌어내는 것까지가 목표다. 나는 가끔 더 욕심을 내는데, 그러니까 다들 함께 분노해야 한다는 주장까지 나아가기도 한다. 여기엔 내 분노가 정당하다는 걸 증명할 상당히 좋은 규범적 근거들이 필요하며, 그 근거들이 분노의 경험적 대상과 연결되는 역시 좋은 연결고리들이 필요하고, 사람들의 마음에 분노의 불을 댕길 좋은 레토릭들이 필요하다. 당연히 어려운 작업이다. 다만 어떤 도덕적 감정에서 비롯됐든 글쓰기는 어렵다. 분노가 특히 문제인 건, 그 감정적인 강렬함이 오히려 역설적으로 내적 확신을 무분별하게 강화하기 때문이다.

분노는 불의에 대한 가장 직관적인 반응이다. 선에 대한 공감과 고결함에 대한 경외도 강렬한 경험이지만, 여기엔 합리적 기준으로 봤을 때 어느 정도 의무 초과적인 면이 있다. 하면 매우 좋지만, 하지 않았다고 나쁜 건 아니다. 모두가 예수나 간디나 지장보살이 될 필요는 없다. 그에 반해 불의는 당장 제거하거나 개선하지 않으면 안 되는 것으로 인식된다. 그 마음의 사이렌 소리가 바로 분노다. 그렇기 때문에 다른 감정과 비교해 분노로 글을 쓸 땐 자신의 도덕 감정에 대한 그 어느 때보다 강한 확신에서 출발하며, 감정의 선명함과 도덕관의 선명함을 동일한 것으로 착각해 아무 근거 없는 감정의 주관적 표출을 반복하거나, 반대로 둘 사이의 괴리를 새삼 느끼며 분노를 글로 해소하지 못하고 서서히 자기 자신에게 분노가 옮겨 붙게 된다. 유승균이 걱정했던 '분노가 자신의 이성적 자본을 잠식해 어느 순간부터 자신과 닮은 존재들의 자신과 닮은 부분에만 분노하는 일반적인 판단력 부도 상태'는 그렇게 찾아온다. 분노가 동기가 될 때, 어느 때보다 자신만만하게 글을 시작하지만 가장 헤매게 되는 건 그래서다.

그렇다고 굉장히 자주 인용되는 '뜨거운 가슴과 차가운 머리'라는 레토릭을 대안으로 제시하고 싶진 않다. 근거 없는 이분법이기 때문이다. 뜨거운 가슴과 차가운 머리는 대비되는 것이 아니다. 다시 말하지만 당신의 마음이 분노로 뜨거워진 것은 어떤 도덕적 원칙이 훼손되었다는 강한 위기감 때문이다. 이성의 신호가 강렬한 감정으로 변환되어 도착한 것이지, 분노가 차가운 이성을 방해하는 게 아니다. 중요한 건 이 감정이란 신호로부터 출발해 나의 도덕적 이성이 왜 반응했는지 역산해서 구체화하는 것이다. 그러려면 분노와 이성

우리가 돈이 없지
가오도 없지 욕은 먹지

을 구분할 게 아니라 분노를 직시해야 한다.

글을 쓰며 언제 가장 분노했는지 떠올려본다. 지금도 2016년 강남역 부근에서 여성을 대상으로 벌어진 살인 사건을 떠올리면 참을 수 없을 만큼 화가 난다. 사건 당일만 해도 수많은 다수의 위선적인 남성들이 피해자를 추모했지만, 여성들이 '여자라서 죽었다'라는 구호와 함께 범죄의 여성혐오적인 맥락을 지적하자 하루 만에 태도가 돌변해 '우리를 잠재적 가해자로 보는 거냐'며 여성들을 비난하기 시작했다. 남성 가해자가 범행 가능한 대상 중 남성은 피하고 여성을 콕 집어 죽였음에도 언론과 검찰, 경찰 모두 합심해 '그것이 여성혐오 범죄, 증오범죄가 아니'라고 설명하고 있었다. 그러다 7년이 지나 최근 신림역, 서현역 부근에서 남성들까지 대상으로 한 흉기 난동 및 살인이 벌어지자 비로소 증오범죄로 규정하는 것을 보며 말할 수 없는 환멸을 느끼기도 했다.

이랬던 강남역 사건에 대해 이제는 유튜브 채널 〈가로세로연구소〉 멤버로서 더 유명한 김세의 당시 MBC 기자는 본인의 페이스북을 통해 꾸준히 해당 범죄를 여성혐오 범죄로 볼 수 없다는 주장을 펼쳐왔다. 그가 과거 '일간베스트저장

소'에 대해 "유일한 주류 우파 커뮤니티"라 추켜세웠던 사실도 언론을 통해 드러나며 '일베 기자'라는 타이틀도 얻었다. 많은 이들이 분노했고, 나 역시 분노했다. 속으로야 그냥 욕설을 퍼붓고 싶었고 아마 그랬다면 그것만으로 많은 공감을 얻었을지도 모르겠다. 하지만 많은 이들의 공감을 얻는 것이 나의 옳음을 증명해줄 수 없으며, 무엇보다 글을 쓰는 건 분노를 잘 다스려야 하는 일이다. 조금은 건조하게 취재를 시작했고, MBC 내부 기자들로부터 그가 보수 매체와 친분이 두터운 건 사실이지만 '일베' 식의 여성혐오를 공유하는지는 모르겠다는 증언을 들었다. 실제로도 그는 노골적인 여성혐오 발언을 하진 않았다(적어도 지금보단 멀쩡했던 것 같다). '일베 기자'라는 자극적 수식은 누군가에게 분노의 감정을 옮겨 붙이기엔 좋을지언정 김세의라는 인간의 해악을 제대로 드러내기엔 아주 적절한 표현은 아니었다. 분노는 가라앉지 않지만 가장 쉽게 욕하고 비난할 카드가 봉인된 상황. 이럴 땐 다시 한번 나는 왜 분노했는지 반문하는 게 먼저다. 나는 왜 강남역에서 추모를 하는 여성들을 조롱하는 '일베' 패거리보다 김세의에게 더 화가 났던 걸까.

당시 김세의 기자의 페이스북 게시물이 다른 여성혐오자들의 노골적인 그것보다 역겨웠던 건, 그의 말이 다 틀려서가 아니라 오히려 좁게 보면 맞는 말이기 때문이었다. 그는 강남역 시위 현장에 나온 '일베' 회원과 그에 항의하는 사람의 사진을 공유하며 "자신과 다른 생각을 가졌다고 위협하거나 방해하지 말아주세요"라고 말했는데, 그 자체로는 맞는 말이다. 실제로 다른 생각을 가졌다고 남을 위협한 게, 여성들의 침묵시위 현장을 위협하겠다고 굳이 나타난 '일베' 회원이라는 사실을 제거했을 때에만. 소위 과격한 페미니즘, 과격한 노동운동을 비난하는 이들은 마치 그러한 과격함이 아무것도 없는 공백 상태에서 튀어나온 것처럼 말을 한다. 실은 여성과 노동자에 대한 구조적 폭력이 상존하는 세상에서 그에 대한 대항으로서의 한 줌 과격함이 나왔다는 것을 그들은 고의적으로 외면하고 공적으로 정당화한다. 나는 그의 부도덕함보다 그 부도덕함을 가리는 교묘한 알리바이의 테크닉에 더 분노했던 거였다. 이러한 판단 아래 나는 공적 담론의 중요 참여자인 지상파 기자가 그런 고의성을 드러내는 것이 개인적 과오를 넘어 왜곡된 세계관을 형성하는 데 주도적으로 동참한 것이라는 논리를 구성했다. 즉 그는 '일베' 기자는 아니었지만 '일베'가 공유하는 대안적 세계를 만들고 확장하는 데 크게 일조하는 굉장히 강력한 스피커였다.

나는 ① 그가 강남역 사건이 여성혐오 범죄가 아니라고 주장해서 분노했고(상호 이해) ② 그의 주장이 실재하는 여성혐오 문제와 백래시의 맥락을 고의적으로 삭제하며 교묘히 폭력을 정당화했기에 그에 대한 나의 분노가 정당함을 입증하려 했고(동의 지향) ③ 그가 지닌 공적 지위의 특수성과 그가 참여하는 담론 형태가 '일베'를 비롯한 극우 커뮤니티의 전략을 이루기에 공적 차원에서 분노해야 한다고(동참 권유) 주장했다. 성공적인 글이었는지 모르겠지만 적어도 내 안의 분노를 끊임없이 느끼되 잠식되진 않으며 썼던 것 같다.

물론 모든 분노가 충분한 도덕적 근거를 지니지 못할 때도 있다. 사람의 감정은 혼탁한 것이며, 마음은 계속해서 스스로를 속인다. 그러니 글을 쓰며 기껏해야 상호 이해 단계에 그친다면 그냥 일기장에 저주의 말을 쓰는 걸로 매조지해야 하며, 그 이상을 위해선 감정을 직시하며 그 원인을 구체적으로 재구성할 수 있어야 한다. 물론 아예 안 써도 된다. 다만

우리가 돈이 없지
가오도 없지 욕은 먹지

누가 돈을 주는 것도 아닌데 글을 쓰고 싶다는 마음은 항시 생기는 게 아니며, 그 흔치 않은 동기는 내 경우 거의 모두 분노로부터 시작됐다.

'좆밥병'을

조심하라 ¶

⤶

⌄

　　　　　　　　　다스려야 할 건 분노만이
아니다. 꽤 오래전 개인적으로 상당히 흠모하는 모 웹툰 작
가와의 인터뷰 중 '좆밥병'이라는 표현을 들은 적이 있다. 매
우 오랜 기간 작품 활동을 하면서 정말 큰 인기도 얻어보고,
자기 잘못이 아닌 논란에도 휩싸여 부침도 겪는 등 작가로서
경험할 웬만한 스펙터클을 다 겪어봤음에도 상당히 단단한
심지와 직업의식을 지니고 있는 이였는데, 그가 작가로서 가
장 조심해야 할 것으로 꼽은 게 바로 '좆밥병'이었다. 이후 이
개념은 내 멘탈 관리의 중요 화두가 되었다. 과연 '좆밥병'이

란 무엇인가, 왜 걸리는가, 그리고 어떡해야 안 걸리거나, 금방 완치할 수 있는가. 이 문제에 대한 그동안의 고민을 단순화한 모델로 정리해보면 다음과 같다.

기본적으로 작가는 '관종'이다. '좆밥병'은 주위의 평판이나 본인의 가시적 성과, 가령 책의 판매지수나 만화나 칼럼의 조회수 같은 것들이 스스로의 에고에 미치지 못할 때 걸린다. 여기서 정말 중요한 건 평판이나 성과라는 개념들이 아니다. 만족을 간단한 셈법으로 계산하면 '내가 실제로 얻은 것/내가 얻어 마땅하다고 생각하는 수준'이다. 욕망이 분모고, 실제로 얻은 것이 분자다. 많은 이들이 성공과 만족에 대해 실제로 얻은 것을 따지지만, 자기 내면에서 중요하게 따져야 할 건 오히려 분모다. 왜?

첫째, 분모가 너무 크면 아무리 분자가 커져도 소용이 없다. 가령 내가 낸 책이 베스트셀러가 되어 10만 부가 팔리고, 덕분에 〈유 퀴즈 온 더 블럭〉에 출연하게 되었다고 치자. 이 정도면 한국에서 글을 쓰는 사람으로서 거의 최대치의 성공을 거둔 셈이다. 이걸 수치상 임의로 1억이라 치자. 그럼 이 상황에서 내가 느낄 만족감은 '1억/내가 얻어 마땅하다고 생각하는 수준'이다. 다시 말하지만 여기서 가정한 1억은 거의 최대치의 성공이다. 하지만 분모가 2억이라면? 만족도는 '1억/2억=0.5'에 그친다. 물론 그 정도 성공을 내가 안 거둬봤으니 처음에 분모가 그렇게 클 수는 없다. 하지만 분모는 보통 내가 얻은 성취에 맞춰 자연스레 커진다. 나는 아직도 십수 년 전 회사 동료와 함께 《한겨레》 TV 관련 대담 코너를 진행하게 됐을 때 내 이름과 얼굴 사진이 있는 신문을 지하철 가판대에서 사서 부모님에게 상기된 얼굴로 보여드렸던 기억이 있다. 그때는 거의 가문의 영광이었지만, 지금 《경향신문》에 격주로 기명 칼럼을 연재하는 것에 그만큼의 환희를 느끼진 못한다. 지면과 고료에 대한 감사한 마음을 잊지 않는다 해도. 분모는 블랙홀처럼 성과를 집어삼키며 늘어난다. 이래선 어떤 성과를 내든 만족은 1 이하가 된다.

둘째, 그래서 분모를 통제하지 못하면 '좆밥병'에 걸린다. '좆밥병'을 내게 소개해줬던 작가의 표현을 빌리면 "네이버웹툰 요일별 1위를 해도 걸릴 수 있는 게 '좆밥병'"이다. 아무리 높은 분자가 있어도 분모보다 적으니 본인은 잘나간다는 기분이 안 난다. 자신의 성취에 대한 사람들의 부러움은 속 모르는 말로 들린다. 원하는 것만큼을 얻어내지 못한 자기 능력의 한계에도 짜증이 나고, 내 고통을 몰라주는 타인들에게도 짜증이 난다. 결국 만족을 조절하는 핵심은 분모에 있는데, 분자를 더 늘려야 한다는 생각만 하니 스텝이 꼬인다. 분모는 한계가 없지만 분자는 아무리 잘해도 한계가 있다. 그걸 한계 이상으로 채워야 자신이 행복할 수 있다고 믿으니 오버페이스의 악순환에 빠진다.

셋째, 분모를 통제한다는 건 그저 절제나 안빈낙도를 뜻하는 게 아니다. 그보단 내가 어떤 필자고 어떤 사람인지 직시하는 과정을 말한다. 위근우처럼 글을 쓰면서 세상에 위로와 공감을 선사하는 멘토가 되길 기대할 수는 없다. 그건 그냥 안 되는 거다. 내가 어떤 정치적 목적으로 글을 쓰는지 인지해야 그것으로 충족할 수 있는 허영심의 종류와 범위도 대충 알 수 있다. 자기 이해가 구체화되어야 욕망도 구체화되며, 구체화된 욕망만이 블랙홀처럼 무한히 확장되지 않는다. 이처럼 스스로의 내면을 살피지 않으면 눈은 계속 바깥을 향하며, 그 과정에서 '좆밥병'이 악화된다. 만약 내가 얻은 게 500이고, 내가 바라던 건 1000이었다 가정하자. 그럼 내가 느끼는 만족은 0.5고 그래서 실망스럽다. 그런데 같은 500을 얻은 타인을 봤을 땐 그가 지닌 분모의 크기를 알 수 없으니 그냥 500의 성취를 즐기는 것처럼 보인다. 똑같이 500을 얻었음에도 나는 0.5 밖에 행복하지 못한데 옆에선 500, 즉 내 1000배를 즐기는 것 같으니 억울함은 심화된다. 상대가 부당한 수준으로 누리고 있다는 근거 없는 질투와 비하로 이어진다. 이게 '좆밥병'의 심화다. '좆밥'인 나도 밉고 나 빼고 행복해 보이는 다른 작가들도 밉고 나를 이토록 내몰리게 만든 세상도 밉다.

넷째, 하지만 여기서 눈을 자기 안, 즉 분모로 돌리면 상당히 많은 것이 해결된다. 우선 '내가 실제로 얻은 것/내가 얻어 마땅하다고 생각하는 수준'의 수식에서 분모를 통제해 만족의 값을 키우는 게 가능하다. 분자는 어느 정도 우연에 열려 있는 반면 분모는 어느 정도 스스로 통제할 수 있는 것이다. 이처럼 단순한 억제가 아닌 자신에 대한 이해를 통해 스스로를 통제하는 경험은 자신에 대한 신뢰의 감정을 쌓는다. 이 감정은 나중에 심리적 위기를 겪을 때마다 꺼내 쓸 수 있는 적금 같은 것이다. 이처럼 자신에게로 눈을 돌리면 굳이 타인과 나를 비교하는 데 감정을 불필요하게 소모하지 않아도 된다. 최종적으로 다른 이들에게도 자신만의 분모가 있기에 보이는 게 다가 아니라는 것을 알게 되면 세상에 대해 좀 더 겸허해진다.

세상에서의 명성이나 인기에 관심이 없다고 말하는 작가는 사기를 치는 중이다. 하지만 오직 그것만이 이 일의 본질적 목적이자 전부라고 말한다면 스스로 알아서 자기 파멸의 비탈길로 몸을 던지는 거다. 내게 '좆밥병'의 위험을 알려준 작가는 마지막으로 이렇게 말했다.

"좆밥처럼 굴다가 진짜 좆밥돼요."

미움받을

용기보다

중요한 것 ¶

⌄

　　　　　　　　　독자 대상 강연을 할 때마
다 거의 99퍼센트 나오는 질문이 있다. 지금껏 글을 쓰며 많
은 공격과 미움을 받기도 했는데 괜찮냐는 질문. 그럴 때마
다 생각한다. 나는 사실 정말 큰 미움을 받고 사방에 적을 두
고 있는데 나 혼자 잘 모르고 사는 걸까. 내 감정의 어떤 부
분이 결여되어 있는 건 아닐까. 개인적으로는 방송인 김희철
이 동료였던 故 설리에 대해 남긴 방송 코멘트에 SNS에 이견
을 제시했다가 그가 직접 반박 댓글을 달고, 온갖 매체가 그
걸 설전이니 일침이니 하는 말로 기사화했을 때가 아마 살면

우리가 돈이 없지
가오도 없지 욕은 먹지

서 다시 경험하기 어려울 정도로 논란에 휩싸여본 일일 게다. 부당한 악플도 많았고 온당한 지적도 적지 않았다. 부정적 의미로 최소 '이번 주 화제의 인물' 정도는 됐던 것 같다. 지상파 옴부즈맨 프로그램에 같이 출연하던 모 작가는 걱정스러운 표정으로 일부러 대기실을 찾아 안부를 묻기도 했는데 그럴 때마다 어떻게 반응해야 할지 난감했다. 고백하면, 그때 마침 플레이스테이션 스토어에서 〈언차티드〉 1~3편을 무료로 푼 덕에 약 2주간 게임에만 집중하는 중이었다.

김희철과의 사건은 화제성도 크고 받은 악플도 많았지만, 사실 내게는 해프닝에 가까웠다. 김희철이 내게 댓글을 달았을 때 느낀 첫 감정은 차라리 신기함에 가까웠다. 왕년의 우주 대스타가 직접 댓글을? 그보단 수년 전 P모 시인의 성추행 건에 대한 의견을 남겼다가 P모 시인과 그의 추종자들이 거의 몇 년 동안 집요하게 악의를 드러냈던 게 훨씬 피로한 일이었다. 문단 내 성폭력 가해자로 고발당했지만 무혐의 판결을 받았던 P는 어느 순간 '가짜 미투'의 상징적 인물이 되었다. 나는 P 스스로 기고한 글에서 밝혔듯 자살 협박으로 이성과의 관계를 끌어낸 일이나 피해자들의 여러 진술

들로 미루어 그를 무고한 희생자로 보는 것에 의문을 표했고, 이후 그는 내가 본인에 대한 허위사실을 유포하고 명예훼손을 했다며 형사 민사 소송을 걸겠노라 공개적으로 밝혔다. 그리고, 아무 일도 없었다. 정확히 말하면 송사는 없었다. 나로선 상대가 법적 대응을 예고한 만큼 그 이후에 공식적 반응을 보이려 했지만 그냥 아무 일이 없었다. 하지만 내가 미투 운동 옹호에 눈이 돌아 무고한 사람을 공격했다고 믿는 이들, P가 '가짜 미투'에 희생된 순교자이길 바라는 이들, 내가 고소를 당해 전전긍긍하고 있다고 믿는 이들, 나무위키에 기록된 정보만 믿고 이것만 건드리면 나를 꼼짝 못하게 할 수 있다고 믿는 머저리들의 공격과 비난이 이어졌고, 그런 지지를 받으며 P는—하겠다던 고소는 안 하고—내 일거수일투족을 비난했다. 그리고 2021년, 그는 피해 여성을 상대로 한 손해배상청구소송에서 패소하고 2022년에는 피해자에 대한 허위사실 유포가 인정되었다. 이후 나무위키만 보고 내게 달려들던 머저리들은 비교적 조용해졌다. 그렇다고 내 삶도 조용해진 건 아니다. P 이후에도 또 다른 적들을 사서 만드는 진짜 머저리가 나였으므로.

우리가 돈이 없지
가오도 없지 욕은 먹지

어쨌든 P와의 악연도 정말 피로했지만 그럭저럭 견딜 만했다. 이처럼 칼럼이나 SNS 게시물 때문에 좌에서 우까지 다양한 사람들에게 부당하거나 상당히 온당한 비판을 전방위로 받다 보니, 간혹 내게서 '미움받을 용기'를 읽어내거나 기대하는 이들도 있는 것 같다. 기대에 부응하지 못해 미안하지만 나는 어떤 의미로든 용기 있는 싸움꾼과 거리가 멀다. 후폭풍이 있을 법한 일에도 기어코 어떤 말과 글을 내뱉고 마는 건 그냥 참을성이 없어서고, 심리적 맷집이란 게 있다면 용기보다는 둔감함의 형태에 가까울 것이다. 무엇보다 경험컨대, 내 마음을 지키는 데 도움이 되었던 건 '미움받을 용기'보단 '사랑받지 못하는 것에 대한 의연함'에 가깝다.

글을 쓰다 보면 여러 부정적 반응을 경험하게 된다. 분노일 수도 있고, 외면할 수 없는 비판일 수도 있으며, 정말 악의적인 비아냥거림일 수도 있다. 어느 정도 익숙해질 수는 있지만 아프지 않을 수는 없다. 그럴 땐 두 가지를 떠올리며 스스로를 다독인다. 첫째, 내가 특정 대상을 비판하는 글을 종종 쓰면서 나에 대한 비판에 대로大怒하는 건 모순적인 일이다. 그것이 온당한 비판이냐 아니냐는 부차적이다. 둘째, 내가 어떤 방향의 글을 썼든 그 반대편에서 부정적 반응이 나올 수밖에 없다. 지난 몇 년간의 한국처럼 양극화된 여론 지형에선 더더욱 그러하다. 누구에게도 비난받지 않는 글이라는 것은 어디에도 치우침 없이 현실 인식의 절묘한 균형을 잡은 글이 아니라, 구체적인 지시체 없이 현실과 최대한 안전한 거리를 둔 채 원론적으로 옳은 말만 충분히 추상적으로 읊어대는 글이다(나 같은 사람들은 그런 글에도 비판적 입장을 취한다). 욕을 먹는 걸 변수가 아닌 상수로 인정하면, 결국 내가 욕을 먹으면서도 특정 관점을 취하는 충분히 합리적인 논거가 있느냐, 나의 글에 대한 부정적 반응 중 혹 나의 명백한 허점을 지적하는 아픈 반론이 있느냐는 것만이 중요해진다. 물론 감정적 소모가 없을 수는 없지만.

정작 문제는 글에 대한 부정적 피드백을 당연하게 여기는 것만큼 그에 상응하는 긍정적 피드백을 기대하며 벌어진다. 어느 정도의 왜곡을 감안하고 단순화해서 설명하면, 진보적 관점의 글을 썼다면 보수로부터 비판적 피드백을 받되 진보 진영으로부터는 높은 확률로 환영을 받을 것이고, 보수적 관점의 글을 쓴다면 진보 진영으로부터 비판받되 보수 진

우리가 돈이 없지
가오도 없지 욕은 먹지

영에선 높은 확률로 환영을 받을 것이다. 이런 이중적 피드백에 익숙해지면, 정말 크게 욕먹을 각오를 하고 특정 사안에 날 선 비판을 할 때조차 마음 한편에선 이 글에 대한 특정 독자들의 환호와 사랑을 기대하게 된다. 당연하다. 미움받을 용기를 낼 때마다 감정 에너지는 빠르게 소모하고, 그때마다 자존감을 채워줄 반대급부를 원할 수밖에 없다. 그래선 안 된다.

　미움받는 것이 두려워 입장을 바꾸는 것이 비겁하고 잘못된 것이라면, 사랑받을 수 있을 것 같은 방향을 향해 관점이 기울어지는 것도 잘못이다. 중립적인 글을 써야 한다는 게 아니다. 옳고 그름의 문제에 대해 타협 없이 파고드는 글이 중립적일 수는 없다. 글의 구체적 입장과 방향성이란, 타인의 비판적 반응을 충분히 예상함에도 불구하고 그것이 옳기에 취하는 것이지, 거기에 환호해줄 이들이 있어서 취하는 것이 아니다. 후자의 경우 그것은 결과적으로뿐 아니라 과정에 있어서도 '아세阿世'하는 것이 된다. 당연히 글은 나빠진다. 비판적 글쓰기란 내 관점과 논거에 대한 반박 논리를 예상하며 쓸 때 비로소 더 나은 논거의 힘을 획득할 수 있다. 하지만 내 글에 박수쳐줄 이들을 예상하며 글을 쓴다면 그 글은 특정 독자의 마음에 '잠시' 들지언정 언어는 계속해서 무뎌진다. '아세'를 위해 표현만 과격하거나 호들갑스러워질 뿐.

더 단순하고 직관적인 이유도 있다. 특정 독자의 환호를 기대하며 대놓고 '아세'하는 글을 쓴다고 해서 꼭 긍정적 반응이 따라오는 것도 아니다. 앞서 부정적 피드백은 변수가 아닌 상수에 가깝다고 했지만, 긍정적 피드백은 실제로 변수에 가깝다. 독자는 필자를 사랑해주기 위해 존재하는 게 아니기 때문이다. 그들에겐 그럴 의무가 조금도 없다. 공론장 안에서 필자와 독자의 관계는 근본적으로 논쟁적이고 경쟁적이다. 설득됐거나 설득되진 않았어도 흥미롭게 받아들인 이들이 가끔 호의적 반응을 보여준다면 감사한 일이지만, 우연적인 결과일 뿐이다. 가령 안티 페미니즘을 무기 삼은 국민의힘 청년정치인들을 비판하는 글을 썼다면 잘 썼든 못 썼든 상당수 안티 페미니스트들에게 온갖 비난이 날아오겠지만, 그렇다고 꼭 페미니스트들이 긍정적 피드백을 주는 건 아니다. 글의 논리 전개와 결론이 허접해서일 수도 있고, 괜찮은 글이었어도 충분히 마음을 움직이지 못해서일 수도 있으며,

당장의 실용적 가치가 부족해서일 수도 있고, 마침 독자들에게 더 재밌거나 중요한 일이 있어서일 수도 있다. 그냥 받아들여야 한다. 제정신을 유지하기 위해서라도.

글을 쓰는 사람들은 '왜 날 미워하지?'라는 질문이 아니라 '왜 날 사랑하지 않지?'라는 질문에 더 쉽게 비뚤어진다. 전자의 경우 이해하긴 어렵지만 어쩔 수 없는 불가해한 사건으로 받아들일 수 있다. 하지만 후자의 경우는 마치 내 정당한 몫을 누군가에게 뺏긴 부당한 사건으로 이해한다. 정당한 내 몫을 얻지 못했다는 기분은 내가 생각하는 나와 실제 세상에 받아들여지는 나 사이의 간극을 만들어내고, 그 간극은 가장 안 좋은 의미의 비대한 자의식으로 이어진다. 그럭저럭 멀쩡한 글을 쓰다가 망가진 이들은 거의 대부분 이 과정을 통해 돌아올 수 없는 강을 건넌다. 나와 내 글을 사랑해주는 건 독자의 의무가 아니다. 그러니 실망할 필요 없다. 얼마나 최선을 다해 좋은 글을 타협 없이 쓸지만 고민하면 된다. 글을 쓰며 가끔 얻는 작은 명예와 허영을 즐기지 말라는 뜻이 아니다. 글을 쓰는 이들은 세속적인 성공의 기준과는 조금 다른 기이한 명예욕을 지니고 있으며 그 욕망이 더 좋은

글쓰기와
멘탈 관리

글을 쓰고 싶다는 동기가 된다. 그러한 명예욕을 그저 포털이나 SNS에서 따봉을 더 받고 싶다는 수준의 인정욕구로 떨어뜨릴 때, 글쓰기는 절대 내가 원하는 것을 주지 못한다. 역사상 가장 위대한 야구선수 중 하나이자 스스로에 대한 프라이드가 드높았던 테드 윌리엄스가 정작 팬과 언론의 관심에는 질색했다는 이야기를 나는 좋아한다. 공적인 명예와 사적인 애정을 적어도 개념적으로는 구분해야 한다.

물론 사랑받는 건 중요하다. 어쩌면 세상에서 가장 중요한 일일지도 모른다. 허영심 많고 자존심 센 전업 칼럼니스트에게도. 사랑받지 않을 의연함이 중요한 건, 역설적으로 사랑이 정말 소중하고 조심스럽게 가꿔야 할 매우 희귀한 자원이기 때문이다. 글을 쓰는 행위 때문에 다양한 공격과 비판을 받으며 감정적 소모가 생길 때마다 나를 지켜준 건, 사랑하는 배우자와의 단단한 일상과 오랜 술친구와의 시시껄렁한 농담 따먹기, 언제나 반겨주는 부모님의 환대 같은 것들이다. 사적이고 독점적인 관계에서 얻을 수 있는 감정적 유대만큼 마음 놓고 기댈 수 있는 것도 없다. 나처럼 구태여 적을 만들지 않더라도 글을 쓰고 세상의 반응을 받아들이다 보면 종종 쏟아지는 비를 맞아야 한다. 우산 하나를 들고, 혹은 우비만 입고 비바람에 당당히 맞서 나가는 용기는 분명 대단한 미덕이다. 다만 내 경우엔, 비에 쫄딱 젖어 춥고 지친 공적 자아를 이끌고 들어와 젖은 양말을 벗어 말리고 몸을 녹일 아주 사적인 도피처의 존재가 그 모든 것을 견디게 해주었다. 불특정 다수의 대중에게 그런 감정을 갈구하는 건 작고 튼튼한 오두막을 거대한 모래성으로 대체하려는 끔찍하게 어리석은 짓이다. 그러니 가족에게, 친구에게, 애인에게, 반려동물에게 있는 힘껏 사랑을 주고 사랑을 받아라. 굳이 독자에게 갈구하지 않는다면 그 사랑 하나만으로도 수많은 미움으로부터 마음을 지켜낼 수 있다.

나가며

"죄송합니다. 젤다가 너무 꿀잼이었습니다."

이번 책 원고의 진행 상황을 묻던 편집자에게 이실직고하며 메일에 썼던 문장이다. 〈젤다의 전설: 왕국의 눈물〉이 올해 5월에 발매되지만 않았다면 이 책은 2~3개월 정도 일찍 나왔을지도 모르겠다. 하지만 어쩌겠나. 글을 쓰는 건 귀찮은 일이다. 반면 하이랄 대륙에서 광물을 캐고 보물을 찾고 메뚜기를 잡고 퍼즐을 풀고 고블린 무리에게 시비를 거는 게임 속 일거수일투족은 매 순간 환희와 즐거움으로 가득했으며 무엇보다 보람찼다. 젤다 공주의 헌신을 되짚어가며 마왕 가논을 쓰러뜨리고 하이랄의 평화를 되찾는 여정이란 얼마나 위대한 것인가. 다른 모든 것은 하찮아졌다. 하물며 이토록 귀찮은 글쓰기 따위야.

게으름을 정당화하려는 건 아니다. 단지 17년차 마감노동자에게 꾸준한 글쓰기란 결국 그보다 훨씬 큰 삶의 작은 일부이자 종종 후순위로 밀리는 일이며, 매일매일의 성실함과 사명감보다는 때론 미루고 때론 회피하다 그럼에도 어느 순간 온힘을 다해 마감하고 다신 꼴도 보기 싫다는 마음으로 하루 정도 축배를 드는 그런 과정의 연속이라는 걸 말하고 싶을 뿐이다. 출근하기 전부터 퇴근 시간만 기다리는 만년 과장이 그럼에도 자신의 일을 곧잘 하고 그럭저럭 커리어를 유지하는 것처럼, 글 쓰는 삶 역시 관성과 고단함과 잔꾀와 일말의 애정이 교차하는 중에 그래도 글쓰기를 놓지 않는 것에 가깝다. 그러니 방점은 〈젤다의 전설〉 때문에 책 마감이 늦어졌다는 것에 찍히지 않는다. 인류가 만든 최고의 게임을 하는 와중에도 틈틈이 원고의 아이디어를 정리하고 게임과 윤석열 대통령을 엮은 칼럼을 한 편 《경향신문》에 게재하고 본편 엔딩을 본 뒤엔 아직 탐험하지 못한 수많은 비밀의 장소와 개별 미션을 뒤로 한 채 원고에 매달려 책을 마감했다는 사실에 방점이 찍혀야 한다. 매일 출근하듯 글을 쓰겠다는 통제력과 가상의 독자들에 대한 애정과 책임감이 글을 쓰는 동력이 되듯, 편집자에 대한 미안함과 내가 하이랄도 구했는데 이깟 책 하나 못 끝내겠느냐는 기묘한 자신감 역시 동력이 될 수 있다.

조금 비약하면 이번 책에서 담고자 한 것도 이런 모습이었다. 기억이란 언제나 서사적으로 재구성된다. 그저 삶이 던진 우연의 조각들을 이리저리 이어 붙였을 뿐인 조잡한 궤적도 훗날 돌이켜보면 서사적 개연성 안에서 필연적 선택과 결과처럼 느껴진다. 하지만 대부분의 삶이 그러하듯, 나 역시 여러 직업 중 어쩌다 보니 글 쓰는 일을 만나고, 성격과 재능 중 일부를 글 쓰는 방향으로 억지로 개화하고, 뭐라도 써야 하니 여러 경험적 자원을 글쓰기에 투입하는 식의 조합으로 우당탕탕 여기까지 온 것에 가깝다. 〈젤다의 전설〉은 마감에 방해가 될 수도 있고 도움이 될 수도 있으며 둘 다일 수도 있다. 나는 이 책이 〈젤다의 전설〉과의 운명적 만남이 글 쓰는 삶을 어떻게 열어줬는지 같은 드라마틱한 이야기가 아니라, 게임도 하고 야구도 보고 가사도 하는 산만한 일상 속에서 어떻게 각각의 삶의 궤적을 자원 삼아 글을 쓸 수 있을지에 대한 불완전한 스케치가 되길 바랐다. 무엇보다 일에 대한 탐구가 자기계발의 언어로 환원되지 않길 바랐다. 게으른 천재의 자기 자랑은 당연히 아니지만 그렇다고 노력가 범인의 성공담도 아닌, 세상의 다수를 차지하고 지탱하는 게으른 범인이 지닌 자기 일에 대한 일말의 자부심과 향상심, 책임감에 대해 얘기하고 싶었다.

물론 내가 어떤 책을 쓰고 싶었다는 부연이 독자가 이 책을 그 방향으로 읽어야 한다는 가이드가 될 수는 없다. 당장 나 스스로 내가 쓰고 싶은 책을 썼는지 확신하기 어렵다. 〈젤다의 전설〉만큼이나 책의 마감을 늦춘 건, 스스로도 과하다 싶을 정도의 수정 과정이었다. 평소 쓰던 칼럼처럼 외부의 사건이나 콘텐츠에 대한 것이 아닌, 나의 감정과 기억을 들여다보는 글을 쓰는 건 처음이기도 했거니와 그렇게 쓴 글들은 일목요연하지 않고 서로 모순되기 일쑤였다. 마치 서툰 이발사의 가위질처럼 한쪽이 비죽 튀어나와 자르면 다른 한쪽이 또 비죽 튀어나오듯 아무리 수정을 해도 글쓰기에 대한 내 안의 방법론과 욕망과 직업윤리는 통합되지 않았으며 심지어 각 영역에서 내적으로도 충돌했다. 수없는 수정을 어느 순간 멈춘 건, 이 모순까지도 내 삶의 일부라는 걸 스스로 받아들이면서다. 이 책에 드러나는 수많은 허술함과 별개로, 글쓰는 삶이란 정말로 그러하다. 이미 그 자체로 모순적인 욕망 덩어리인 존재가 말하고자 하는 바와 실제로 말한 언어의 간극 앞에서 머리를 쥐어뜯으며 어떻게든 모순을 줄여보기 위해 아등바등하는 것.

그럼에도 쓰고 또 쓰는 것. 다음에는 더 나을 거라 속고 또 속는 것.

다른 게 아니라 틀린 겁니다
괄호 안의 불의와 싸우는 법
위근우 지음 | 288쪽 | 14,800원

2016년 《프로불편러 일기》를 통해 세상에 무시해도 되는 불편함이란 없다고 이야기했던 저자가 2017~2019에 쓴 글들을 모아 책으로 펴냈다. 페미니즘, 공론장, 대중문화를 주로 다룬 실천적인 글들로 논쟁에 뛰어들었다. 지금까지의 통념의 관성에서 본다면 "거슬리는" 언어를 세상에 던졌다. 이를 통해 한국 사회에서 '불편함의 변증법'이 작동되기를 바라며 쓴 단단한 글들을 수록했다. 찜찜함 없이 정말로 '모든 사람들'이 함께 마음 편하게 웃을 수 있으려면, 더 많은 이들이 더 목소리를 높여야 한다. 틀린 것을 틀렸다고 말하는 전선을 긋는 글쓰기가 여전히 중요한 이유다.

뾰족한 마음
지치지 않고 세상에 말 걸기
위근우 지음 | 312쪽 | 16,000원

2020~2022에 쓴 글들을 모은 이 책에서 저자는 "무난한 마지막 문단" 그리고 "보편적 관점"이라는 핑계로 "원론적으로만 옳은" 말을 나열하는 것이 아니라, 사유를 끝까지 밀고 나감으로써 사회의 공론장 속에서 실천적인 의미를 지닐 수 있도록 스스로를 돌아보고 벼려온 노력의 결과를 담았다. 불의한 세상에 무기력하게 타협하지 않기 위한 스스로의 다짐이자, 곳곳에서 분투하는 수많은 이들의 노력과 이어 닿기 위한 연대의 목소리다. 웹툰, OTT, 영화, TV 예능, 비디오게임, SNS, 정치 이슈를 넘나드는 35편의 대중문화 비평 글들은, 강력한 비판과 도전 그리고 적극적인 발굴과 찬사를 통해 사회적 논의의 지평을 열어내고자 시도한다.